Conny Lens

Steeler Straße
Drecksgeschäfte

Wolli Schröder ist nach wie vor in Sachen Gerechtigkeit unterwegs. Sein neuester Fall: Auf einem Baugelände wird die junge Praktikantin Maike Jenninger zusammengeschlagen und vergewaltigt. Wolli und Chris machen sich im Auftrag von Maikes Mutter auf die Suche nach dem Täter und kommen dabei einer ganz anderen Sache auf die Spur. Oder hängt beides zusammen?

Aufgrund von Zeugenaussagen ist der Vergewaltiger schnell gefunden, legt sogar ein Geständnis ab. Doch was heißt das schon?

Benno bringt in der Zwischenzeit einen zweiten Fall zum Abschluss, in dem es um einen richtigen Baron und eine Menge altes Porzellan geht …

Conny Lens, geboren 10.03.1951 in Essen. Verheiratet, keine Kinder, keine Haustiere. Zuletzt Angestellter im Bereich EDV und Organisation. Neben seiner Berufstätigkeit schrieb er Romane, Stories und Kabarett-Texte. 1986 gründete er den Hitzbleck-Verlag, in dem auch seine ersten Kriminal-Romane erschienen. Lebt seit 1989 als freier Autor in Datteln/Westfalen.
Mitglied im Verband Deutscher Drehbuchautoren e.V. und in der Autorengruppe deutschsprachige Kriminalliteratur, das „SYNDIKAT“.

Conny Lens

Steeler Straße Drecksgeschäfte

KBV
KRIMI

Lens, Conny:
Steeler Straße. Drecksgeschäfte / Conny Lens. – Elsdorf:
Klein und Blechinger, 2000
(KBV Krimi; 50)
ISBN 3-934638-50-3

Ostenallee 78
59071 Hamm
Telefon 0 23 81/9 80 19-0
Telefax 0 23 81/9 80 19-99
Redaktion: Anke Spiegel, Köln
Umschlagillustration: Astrid Gettmann &
Regina Assmann, München
Satz und Ausstattung: KBV Verlags- und
Mediengesellschaft mbH, Hamm
Druck: Fuldaer Verlagsagentur
Printed in Germany
ISBN 3-934638-50-3

Dabei sind diesmal

Wolfgang Schröder	der beinahe Pastor Klempenhusen heiratet und ordentlich was vor die Birne kriegt.
Chris Ullmann	die unter einem netten Abend etwas anderes versteht als Modern Talking mit Currywurst.
Benno Korn	der auf der Suche nach einem Phantom die Frau seines Lebens findet.
Maike Jenninger	die abwechselnd schweigt oder lügt, wozu sie allen Grund hat.
Hanowski	der ständig beklaut wird, dem es aber anscheinend nichts ausmacht.
Viktor, Martha und Karl	die trotz ihrer insgesamt 210 Lebensjahre keineswegs senil sind.
Leo Carneiroder	als Portugiese in Herne-Baukau wohnt, was schon schlimm genug ist.
Verena Schröder-Wurmspiel	die Magie braucht und die Malediven, am besten beides auf einmal.
Anna, geb. Schröder	die Papas Auto ramponiert und einen gewissen Hund einen Moment aus den Augen lässt.
Lord Pipsder	aus der Titanic springt, um ein Haar das Fliegen lernt, und … Falsch. Jedenfalls nicht so.

Sowie Gerd-Uwe, Oma Lene, Carry Grant und Eve, ein Flughafen-Frollein aus Wickede mit tauben Ohren, Fiffi Mausthaler, mehrere Huren mit und ohne Gänsehaut, Joschi Bender, ein Porzellanhändler, Hannes Rohleder, Dutzende von Schnauzertypen, Bruno und Transpiro Deodorantis und noch ein paar mit den Fingern in Drecksgeschäften.

*

Seit dem späten Nachmittag strich ein kalter Nordostwind über das Ödgelände. Er brachte die Leitungen an den provisorischen Elektromasten zum Schwingen und wirbelte Styroporverpackungen vor sich her, die mit hohlem Geräusch über den angefrorenen Boden kratzten. Von der Durchgangsstraße, auf der die letzten Pendler unterwegs zur Autobahn waren, drang gedämpfter Verkehrslärm herüber. Nieselregen kam auf, schräge Striche aus feinem Wasser. In der dunklen Fläche schwamm ein einziges Licht. Es drang aus einem Bürocontainer, der sich verloren klein zwischen den aufgeworfenen Erdhalden zu ducken schien. Jetzt wurden schnarrend die Rolladen heruntergelassen.

Der Mann wechselte das Standbein. Im Aufglühen der Zigarette sah er aufs Zifferblatt, dann schnippte er die Kippe in eine Pfütze. Sein Begleiter, der neben ihm auf einem Stapel Bretter hockte, machte eine unwillige Bewegung. Ohne auf ihn zu achten, zog der Mann eine weitere Zigarette aus der Packung.

In Gedanken ging er die Sache noch einmal durch, obwohl da nicht viel zu planen, nicht viel zu bedenken war. Er war aufgeregt. Oder war es Erregung? Immerhin war es das erste Mal für ihn, dass er so was tat.

*

Im Inneren des Containers schloss Maike die Tür ab. Auf dem Weg zum Waschbecken streifte sie das Sweatshirt über den Kopf und band ihre Haare im Nacken zusammen, ehe sie sich wusch. Unter dem eiskalten Wasser wurden ihre Hände schon nach Sekunden gefühllos, doch die junge Frau war nicht zimperlich.

Nachdem sie einen Deoroller benutzt hatte, schlüpfte sie

aus ihren labberigen Jeans, packte sie zusammen mit dem Shirt in ihren Spind und nahm eine zusammengerollte Hose vom Bord. Es war eine teure Hose, die teuerste, die sie jemals besessen hatte. Über hundertsechzig Mark. Stretch, gerade geschnitten, mit einem rautenförmigen Schwarzweißmuster. Sie hatte heute Morgen auf dem Tisch gelegen, neben ihrem Frühstücksbrettchen und mit einer handgemalten Karte: »Für Maike, meine Kleine. Und alles Liebe zum neunzehnten Geburtstag.«

Hundertsechzig Mark, mein Gott. Das war ein Viertel von dem, was Mutti in einer Woche verdiente. Maike wurde ganz warm im Bauch.

Sie zog sie an. Die Hose passte wie maßgeschneidert und betonte ihre kräftigen aber schlanken Beine, ohne aufdringlich zu wirken.

Vor dem kleinen Spiegel trug sie noch rasch ein bisschen Lidstrich auf, bürstete ihr halblanges Haar, zog ein Top und ihren schwarzen Blazer über und musterte sich. Für ein Abendessen beim Italiener war sie mehr als genug gestylt. Ein Blick auf die Wanduhr. Wenn sie sich beeilte, erwischte sie einen früheren Bus und Mutti würde nicht warten müssen.

Sie schlüpfte in ihre Winterjacke, warf den Rucksack über die Schulter, an dem ein winziger Teddybär schaukelte, und löschte das Licht.

Der Wind drückte ihr Haarsträhnen in die Augen, als sie abschloss.

Der Weg war matschig, aufgelöst vom Regen der letzten Wochen und von unzähligen LKW-Reifen zerfahren. Gut, dass sie saubere Schuhe zum Wechseln dabei hatte.

Sie war keine zwanzig Schritt weit, als sie es merkte. Nicht hörte, nicht spürte, sondern einfach wusste. Jemand war in der Nähe. Im Gehen sah sie zurück in die Dunkelheit. Da war niemand. Und trotzdem ... Sie blieb stehen, tat so, als suche sie was in der Jackentasche, lauschte. Doch der Wind schluckte alle Geräusche.

Weiter. Geh einfach weiter.

Sie zog ihren Rucksack fester und ging los.

Etwas bewegte sich. Ein Huschen am Rande ihres Sehfeldes. Ehe sie losrennen konnte, wurde sie gepackt und herumgerissen. Für den Bruchteil einer Sekunde sah sie verzerrt ein Männergesicht, dann flog ihr Kopf unter seinem Schlag zur Seite. Sie schrie, doch im selben Moment wurde ihr Hals von hinten gepackt, krallten sich Finger in ihre Kehle, wurde ihr linker Arm auf den Rücken gebogen. Wie ein glühender Nagel schoss ihr der Schmerz durch die Schulter. Millimeter vor ihren Augen fuhr die Klinge eines Schnappmessers aus dem Griff.

»Ein Mucks und ich stech dich ab.«

Nein! Das … konnte nicht sein … konnte einfach nicht wahr sein!

»Ein Mucks nur!«

Angst versteifte ihre Glieder, verzerrte ihr Gesicht. Kein Nicken. Sie konnte nicht einmal nicken.

Etwas schabte über ihr Bein. Starr vor Entsetzen, nur die Augen nach unten gedreht, sah sie das Messer. Fühlte das kalte Metall, als die Klinge den Stoff ihrer Hose aufschlitzte. Ihrer neuen … »Nein! Bitte …!«

Eine Faust traf sie in die Magengrube. Vornüber gekrümmt schnappte sie noch nach Luft, als der nächste Schlag sie gegen den Bauwagen schleuderte. Jemand trat ihr die Beine weg, und sie schlug auf dem matschigen Weg auf.

»Du zuerst«, sagte eine Männerstimme.

Durch Tränenschlieren aus Panik und Schmerzen sah sie einen zweiten Kerl auf sich zukommen.

Sein schwerer Schuh trat den winzigen Teddybär in den Schlamm.

*

Sonnenlicht brach sich in den Kirchenfenstern der »Schmerzhaften Mutter Maria« und projizierte bunte Mosaike auf dem Steinboden. Und während langsam die Orgelmusik zwischen den ehrwürdigen Mauern verebbte, strömte durch die offene Pforte der Duft von blühenden Fliederbüschen.

Pastor Klempenhusen fingerte gichtig in seinem Brevier.

Verhaltene Geräusche aus den Bänken. Ein vereinzeltes Hüsteln.

Ihre Handflächen waren so nass, dass sie sich wunderte, warum es ihr nicht von den Fingernägeln tropfte. Unter ihrer Schädeldecke trommelte der Puls, ihr Hals war rauh und sie musste schon wieder zum Klo. Dringend. Ob Schröder auch so hibbelig war? Sie guckte zur Seite.

Seine Augenpartie quengelte um Schlaf und am Stand seiner Liddeckel war abzulesen, wann der Polterabend zu Ende gegangen war. Irgendwann vor drei, vier Stunden. Ansonsten konnte man nicht meckern. Dunkler Anzug, Weste, weiße Nelke im Knopfloch. An den Schläfen wurde er langsam grau. Aber das gehörte sich schließlich für einen Mann in seinem Alter.

Pastor Klempenhusen rückte sein Bäffchen zurecht und räusperte sich.

Schröder neigte seinen Kopf zu ihr: »Wetten? Die Arschnase hat den Text vergessen.«

Sie warf einen Blick über die Schulter. Offensichtlich hatte niemand was gehört. Benno hatte die Hände auf dem Bauch gefaltet und schmatzte, in Gedanken wahrscheinlich schon beim Mittagessen. Oma Lene, mit Augen wie Radieschen, suchte schniefend nach einem Taschentuch. Gerd-Uwe grinste friedlich und aus der zweiten Bank machte Irmchen das Victoryzeichen.

»… haben wir uns heute versammelt …«

Der Pastor schien sich zu erinnern, warum sie hier waren.

»... um diesem Brautpaar den Segen zu geben.«

Schröder kaute. Während der Trauung!

Sie stupste ihn an, deutete auf seinen Mund.

Er griff in die Jackentasche, hielt ihr ein angebissenes Stück Blutwurst hin.

»Bist du verrückt?«, zischte sie.

Schröder ließ die Schultern zucken.

»Und so frage ich dich, Wolfgang Schröder ...« Dem Pastor wurde das Zahnfleisch kalt, als er die Wurst sah. »Äääh ...«

Chris fühlte ihren Unterkiefer absacken.

»Äääh ... Willst du die hier anwesende Christiane Ullmann zu deiner Ehefrau nehmen? Sie lieben und ehren in guten wie in schlechten Zeiten, sie ...«

»Mann Gottes«, sagte Schröder und steckte die Wurst ins Jacket. »Glauben Sie, ich steh hier zufällig rum?«

»Äääh ...«

Ein Raunen ging durch die Bänke.

»Ich meine, was ist das für eine Frage? Wir haben Ringe gekauft, uns in Schale geworfen und 'ne Menge Leute eingeladen. Also, wonach sieht das aus? Was erwarten Sie? Dass ich jetzt Nein sage?«

»Ja. Nein ...«

»Dann kann ich also jetzt die Braut küssen?«

»Ich ... ich muss sie erst fragen, ob ...«

»Ob sie sich küssen lässt?«

»Nein, ob ...« Der Pastor schluckte und steckte einen Finger in den Kragen. »Also, das mit dem Heiraten, ob sie Ihre Frau werden will und so.«

»Na, dann los.«

»Aber erst müssen Sie doch antworten.«

»Worauf?«

»Ja, ob Sie ... auch wollen.«

»Hab ich doch gesagt.«

»Ja. Nein.« Klempenhusen riss sich fast den Kragen vom Hals. »So geht das nicht. Ich muss Sie fragen, ob Sie Ihre Frau ...«

»Ja, was denn nun?«, fragte Schröder und ging die zwei Stufen rauf zu ihm. »Wissen Sie was? Sie scheinen mir völlig aus dem Konzept zu sein.«

»Wolfg ...« Chris schluckte sich den schamdicken Hals frei. »Wolfgang, komm da runter.«

»Ich will ihm nur zeigen, wie das geht«, sagte Schröder, nahm einen der Ringe vom Samtkissen und steckte ihn Klempenhusen an. »So macht man das.«

»Was tun Sie da?« Der Pastor zerrte an seinem Finger herum. »Jetzt kriege ich den nicht mehr ab.«

»Heisst das, ich bin jetzt mit Ihnen verheiratet?«

Den Kopf heiß vor Scham drehte Chris sich auf dem Absatz um und rannte los, den Mittelgang hinunter. »Chris«, hörte sie Schröders Stimme hinter sich.

Die offene Kirchenpforte wie ein tanzendes Viereck vor Augen, rannte sie weiter, knickte plötzlich ein, stolperte, fiel und ...

... schnellte senkrecht aus dem Bettzeug.

»Puh!«

Unten auf der Steeler Straße rauschten Autos vorbei.

Der Radiowecker zeigte auf halb sieben.

An ihrem Hals kühlte Schweiß ab.

Schröder lag neben ihr, quer in seiner Betthälfte und schlief wie ein Engel. Er trug keinen Anzug, kaute auch nicht. Es lag auch nirgendwo Blutwurst herum. Oder Eheringe. Gott sei's gelobt.

Frau Ullmann schwor sich, nie wieder spätabends so schwer zu essen.

Sie stand auf, schnappte ihren Bademantel und tapste barfuß aus dem Schlafzimmer.

In der Küche nahm sie ein Selters aus dem Kühlschrank, trank und setzte sich mit der Flasche an den Tisch. Draußen pladderte der Märzregen an die Scheiben und lief in öligen Streifen ab. Reste des Alptraums kasperten durch ihr schläfriges Hirn.

»Die Psyche, die menschliche.« Warum träumte man so was? War da Angst oder Begierde im Spiel, Horror oder Honeymoon? Wer wusste das zu sagen, bei einem Lebensabschnittsgefährten wie Wolfgang Schröder? »Sei doch einfach ganz Frau und frag dein Herz«, raunte eine Stimme in ihrem Innersten. »Nimm eine Dusche«, sagte eine andere.

Chris entschied sich für die Dusche.

Als sie sich abtrocknete, kroch Schröder herein ins Gekachelte und tastete wie blind nach seiner Zahnbürste. Er sah aus, als wäre er gerade überfahren worden. »Oh, mein Gott.«

»Guten Morgen, mein Sonnenscheinchen.«

»Gut… Oohh.« Mit beiden Händen hielt er sich am Waschbecken fest. »Mir ist ein bisschen schlecht. Ich glaub, ich hab mir einen Virus eingefangen.«

»So wird es sein. Wahrscheinlich schwamm er in deinem zwanzigsten Pils herum.«

Beim Versuch, die Augen zu öffnen, bekam er offensichtlich mit, dass sie nackt war, kam herüber und patschte ihr seinen Kopf an den Busen. »Kannst du mich mal krabbeln?«

Ihre Fingerkuppen drangen durch sein Haar und massierten seine Kopfhaut da, wo Babys ihre Fontanelle haben. Die Jahre an seiner Seite hatten sie gelehrt, dass genau dort der morgendliche Kater gern versuchte, ihm die Hirnrinde durch die Schädelplatte zu quetschen. Sie spürte, wie er sich auf der Stelle entspannte. »Nicht sabbern.«

»Oh, Christiane. Du verstehst es wie kein anderes Weib…« Seine Hände wanderten an ihr herunter. »Möchtest du ein Kind von mir?«

»Ich möchte ein Frühstück mit Müsli und Kaffee.«

»Gut«, hauchte er. »Wollte es nur anbieten.«

Eine Weile kraulte sie ihn wortlos, ließ ihn Mensch werden. »Ein Wort der Kritik?«

»In meinem Zustand?«

»Gerade darum. Bei deinem Verbrauch an Bierdosen hätte sich jeder andere längst eine eigene Schrottpresse zugelegt.«

»Weiterkrabbeln.«

»Ist dir klar, dass du der Traumkandidat jeder Sozialversicherungsanstalt bist? Bis ins reife Mannesalter gut durchgetrunken, dann Peng! der erste Herzinfarkt, der zweite, der dritte. Lähmung einer Gesichtshälfte, wahlweise rechts oder links, sabbern, füttern, ab in den Rollstuhl. Und mit Anfang fünfzig verschaffst du einem Friedhofsgärtner Lohn und Brot.«

»Ich finde diese Theorie äußerst gewagt. Äußerst gewagt.«

»Wolfgang.«

»Also gut.« Schröder hob vorsichtig blinzelnd den Kopf und sah sie treuherzig an. »Ich werde mich bessern. Ist es das, was du hören willst?«

»Ich will es nicht hören, ich will es sehen.«

Er leckte Daumen, Zeige- und Mittelfinger ab, wollte alle drei schon aufs Herz drücken, als er plötzlich starr wurde. Sekundenlang stierte er sie an, schob sie dann eilig beiseite und stürzte würgend zur Kloschüssel.Chris stellte ihm den Domestos hin und ging sich anziehen.

*

Anderthalb Stunden und eine Kanne Kaffee später hatte Schröder wieder Farbe angenommen und hackte im Chefbüro einen Abschlussbericht in die Tastatur. Seit er kapiert hatte, dass er auf seinem Monitor zwar weder Bärbel Schäfer noch Lindenstraße reinkriegte, sich dafür aber nie wieder mit Kohlepapier herumquälen musste, war aus Schröder ein glühender Verfechter der elektronischen Bürokommunikation geworden. Sein neuester Spleen bestand darin, Chris kleine Nachrichten auf deren Bildschirm zu schicken, wie zum Beispiel: »Ist noch Kaffee da?« oder »In der nächsten Viertelstunde bitte keine Gespräche. Ich bin auf dem Klo.« Obwohl die Tür zwischen den Räumen immer offen stand und er nur ein Wort sagen brauchte. Aber was sollte man schon in Zeiten erwarten, in denen ein Schröder Bundeskanzler werden konnte?

Gegen halb zehn rumste die Flurtür und Benno schob sich herein, feist und feixend. »Morgen zusammen.« Zwischen seinen Zähnen schaukelte eine gebogene Pfeife.

Eine Rhodesian Sandblast mit gescheiteltem Holm, wie Chris mit Semi-Kennerblick erkannte. Wenn man drei Jahre einem Pfeifenraucher gegenüber sitzt, bleibt das nicht ohne Auswirkungen. Augenblicklich wurde die Atemluft schwanger vom Aroma seines Latakia.

Er hievte einen prallen Plastikbeutel auf seinen Schreibtisch, pellte sich aus seiner Felljacke, warf sie auf den Garderobenständer, der ins Trudeln geriet und rieb sich die Hände. »Schlübberchen Tee?«

»Hab schon Wasser aufgesetzt.«

Er kam rüber, nahm ihren Kopf zwischen die Pranken und schmatzte ihr einen Kuss auf die Stirn. »Gutes Kind, gutes. Besser der Arsch leidet Frost, als die Kehle Durst. Stimmt's?«

»Eh, was gibt das da?« Schröder erschien im Türrahmen.

»Wer ist der Mann?«, wollte Benno wissen.

»Er behauptet Schröder zu sein.«

Benno musterte Wollis Augenringe. »Grundgütiger. Du hast ein Gesicht zum Eier abschrecken. Was hast du letzte Nacht getrieben?«

»Als wenn er das noch wüsste«, sagte Chris. »Gegen eins hat Bruno ihn gegen die Tür gelehnt, geklingelt und sich aus dem Staub gemacht.«

»Verspottet mich nur.« Während der Dicke nach dem Tee kramte, schlenderte Wolli arglos in die Dunkelkammer und kam mit einer Dose heraus. Chris versteifte sich. Bis sie erkannte, dass es nur eine dieser sprudelnden Koffeinbomben war. Er trank gluckernd, unterdrückte sogar ein Bäuerchen und setzte sich auf ihre Schreibtischkante. »Und? Was war jetzt mit diesem Klienten?«

»Faßmann. Gregor Faßmann.« Benno löffelte großzügig Tee in die Kanne und gluckste vor unterdrücktem Lachen. »Bizarr, bizarr.«

Gestern Abend, kurz vor Büroschluss, hatte dieser Faßmann angerufen und auf verzweifelt gemacht. Er brauche sofort Hilfe. Worauf Benno losgefahren war.

»Ich muss nach Bad Harzburg«, sagte der Dicke.

Schröders Augenbraue ging hoch.

»Die Sache ist folgende: Gregor Faßmann ist Antiquitätenhändler, macht vornehmlich in Porzellan. Und zwar nicht mit dem Vierundzwanzigteiligen zur Aussteuer, sondern mit seltenen Einzelstücken, altes wertvolles Zeug. Sagen wir mal, du willst so eine alte Suppenterrine, wo schon Kaiser Kuno draus geschlabbert hat. Dann gehst du zu Faßmann. Und Faßmann beauftragt einen seiner Lieferanten, so ein Ding zu besorgen.«

»Schön«, sagte Wolli und gab der Dose den Rest. »Und was hat das mit der erfolgreichsten Detektivagentur des Ruhrgebiets zu tun?«

»Nun ja, einer dieser Lieferanten liefert plötzlich nicht

mehr. Ein gewisser …« Er durchsuchte seine Hosentaschen, förderte einen Packen Zettel zutage, fischte den richtigen heraus und warf einen Blick darauf. «… Siegmund Freiherr von Diepenbeck. Zweiundsiebzig Jahre, blaublütig und absoluter Fachmann, was Porzellan angeht. Er unterhält sogar ein eigenes Porzellanmuseum, drüben in Richtung Heisingen.» Er fand zwischen den Zetteln ein zerknülltes Zeitungsfoto und legte es auf den Tisch.

Es zeigte ein faltiges Rentnergesicht mit durchaus aristokratisch zu nennenden Zügen, dessen Augen hinter einer Brille fast verschwanden.

»Ich seh da immer noch keinen Zusammenhang«, meinte Wolli.

»Also. Ein Kunde kommt vor drei Wochen zu Faßmann und will sechs sogenannte Blütenvasen, famille verte, mit Kranichmotiv. Fragt mich nicht, was das ist. Gut. Faßmann wendet sich an Diepenbeck. Diepenbeck verspricht, sich nach diesen Vasen umzusehen. Zwei Wochen vergehen, dann kriegt Faßmann ein Rundschreiben, in dem der Baron der Branche mitteilt, dass er sich aus dem Geschäftsleben zurückzieht. Kurz darauf ist Faßmanns Kunde im Besitz zweier Blütenvasen, will aber nicht damit heraus, wo er sie herhat.«

»Hört sich an, als hätte der Baron das Geschäft selbst gemacht«, vermutete Chris.

»Ja und nein und vielleicht. Faßmann meint, das sei nicht der Stil des Alten. Er versucht, Kontakt mit ihm zu kriegen, kommt aber nie weiter als bis zu dessen Sekretär. Gründe für das plötzliche Ausscheiden kann oder will auch der ihm nicht liefern, doch immerhin erfährt er, dass Baron von Diepenbeck seit einigen Wochen in Bad Harzburg kurt.«

»Und dort sollst du ihn entführen und die Wahrheit aus ihm herausfoltern.«

»Ich soll mich als Redakteur einer Fachzeitschrift ausgeben und ihn um ein Interview bitten.«

Schröder zerdrückte die Dose und sah Chris an.

Chris ließ die Schultern zucken.

»Schwachsinn, weiß ich selbst«, stöhnte Benno. »Es wird nicht klappen. Aber Faßmann findet es genial. Und ...« Er machte eine bedeutungsvolle Pause. »Der Klient zahlt den doppelten Tagessatz. Plus Spesen. Da widersprich mal.« Damit legte er einen Scheck auf den Tisch. »Vorschuss.«

Die Zahl auf dem Scheck war eine Fünftausend.

Wie auf Kommando pfiffen Wolli und Chris gleichzeitig. Im Hintergrund pfiff der Wasserkessel mit.

Während Benno die Kanne versorgte, erzählte er weiter. »Er ist ganz heiß drauf, zu erfahren, warum sich der Alte so hastig zurückgezogen hat. Und was er damit im Schilde führt.«

Neugierig kippte Wolli den Inhalt des Plastikbeutels auf die Schreibtischplatte. Großformatige Bücher kamen zum Vorschein.

»Bisschen Fachliteratur aus der Stadtbücherei, damit meine Mimikry wenigstens die erste halbe Stunde übersteht«, meinte Benno.

»Na, denn.« Schröder rutschte vom Tisch, schepperte die Dose in den Papierkorb und ging zu seinem Zimmer. »Wann fährst du?«

»Nach der zweiten Tasse Tee. Und wenn ich ein paar Erkundigungen eingezogen hab.«

»Brauchst du den BMW?«, fragte Wolli.

Sie wusste, er sagte das nur, weil es so großartig klang. Seit ein paar Monaten gehörte wirklich so ein Wagen zum Büro. Ein gebrauchter schwarzer 3.18i mit akzeptablem Tachostand. Die Sache war nur, dass Schröder ihn niemals freiwillig aus der Hand geben würde.

»Ist gut gemeint, aber ich nehm mein Auto.« Womit Benno einen der letzten 280-iger meinte, die noch in Essen herumfuhren. Und das auch nur, weil Hannes ihm inzwischen eine Austauschmaschine verpasst hatte.

Chris lehnte sich zurück. Ohne in Euphorie zu verfallen, hatte sie das Gefühl, dass es nach zwölf Jahren langsam bergauf ging. Was nicht zuletzt ihr Verdienst war und das von Oma Lene, die sich zu jedem Monatsende alle Anfragen sowie die laufenden Aufträge ansah. Seit er Rede und Antwort stehen musste, hatte Schröder kaum noch einen Auftrag abgelehnt, wenn er nicht wirklich gegen jeden Anstand verstieß. Okay, er würde nie ein Geschäftsmann werden, so gern er ihn auch manchmal spielte. Aber er zog mit. Und seitdem wurden die Mahnungen vom Finanzamt seltener und letzten Sommer hatten er und Chris sogar zwei Urlaubswochen in Schweden verbracht.

Eine dampfende Teetasse schwebte an ihren Augen vorbei und wurde auf dem Schreibtisch abgestellt. »Dank dir, Benno.« Sie trank einen Schluck, lehnte sich zurück und drehte eine Zigarette. Zwölf Jahre war es her, seit sie dieses Büro an einem Ostermontag betreten hatte, um sich zu bewerben. Und beim ersten Anblick am liebsten wieder geflüchtet wäre. Zwölf Jahre, mein Gott. Jetzt war sie achtundvierzig, leidlich vorzeigbar und passte immer noch in Konfektionsgröße achtunddreißig, ohne den Bauch einziehen zu müssen. Doch es war nicht wegzuleugnen. Sie war jetzt eine Frau mittleren Alters.

Ein Piepen riss sie aus ihrer Tagträumerei. Sie nahm ab und meldete sich. »Detektei Schröder.«

Zuerst hörte sie nichts. Dann ein Schluchzen. Dann wieder nichts. Sie warf einen Blick nach nebenan, wo sich Benno, die Teetasse in der Hand, mit Wolli besprach. »Hallo«, sagte endlich jemand. Eindeutig eine Frau. »Entschuldigen Sie bitte. Ich brauche Ihre Hilfe.«

*

Obwohl es ein Umweg war, fuhr er am Schloss vorbei. Der Schellenberger Wald tropfte vor Nässe, feuchtkalte Nebelluft drang durchs Fenster und machte das Lenkrad klebrig. Benno schaltete die Heizung höher. Nach einer scharfen Kurve tauchte das braungraue Gemäuer vor ihm auf, ein schlanker Turm mit einem spitzen Runddach. Ein phantastischer Anblick nach dem tristen Beton der Innenstadt. Und eine Ruhe herrschte hier!

Er hielt den Wagen an und ließ das ganze ein paar Minuten auf sich einwirken. Maler müsste man sein oder wenigstens ein guter Fotograf. So ein Bild, so einen Moment festhalten können …

Schwer seufzend fuhr er weiter, im zweiten Gang vorbei an einer noblen privaten Altersresidenz, einem Feinschmeckerlokal, und wieder durch den modrig riechenden Wald bis zur Durchgangsstraße. Von dort aus war es nur noch ein Katzensprung.

Die Elsassstraße gehörte mit Abstand zum Feinsten, was der Süden der Stadt zu bieten hatte. Hier standen keine Häuser, sondern Besitztümer. Und sie standen auch nicht einfach herum, sondern schmiegten sich dank kreativer Architekten an den Waldsaum, versteckten sich hinter mannshohen Weißdornhecken oder räkelten sich auf fußballfeldgroßen Rasenflächen.

Das Haus mit der Nummer dreiundsiebzig wahrte ebenfalls Distanz zur Straße, die völlig menschenleer war. Ein doppelflügliges, schmiedeeisernes Tor stand einladend offen. Über eine mit weißem Kies bestreute Einfahrt kam man zur Eingangstür, die man getrost Portal nennen konnte. Links und rechts davon hockten auf Sockeln zwei Sandsteinlöwen. Dem einen fehlte ein Stück von der Nase, was ihn ulkig hilflos aussehen ließ. Das Haus selbst war ein dreigeschossiger, klassizistischer Kasten, der quer zur

Straße gebaut war. Soweit man von hier aus erkennen konnte, war es ziemlich lang und lief in einem parkähnlichen Gartengrundstück auf der Rückseite aus. Alles machte einen massiven, dauerhaften Eindruck. Den Eindruck von Geld.

Benno reckte den Kopf aus dem Seitenfenster und erkannte unter dem Namensschild einen Hinweis auf die Öffnungszeiten des Museums.

Er fuhr weiter, um sogleich wieder zu stoppen. Das Haus neben dem des Freiherrn war offensichtlich jüngeren Datums und wesentlich schlichter proportioniert. Auf einem Schild neben der Tür stand »Haus Rose, Pension.«

*

Zuhause auf dem Birkenhof schaute er kurz bei Oma Lene herein. Im Hausflur roch es nach Bratwurst, Zwiebeln und Röstkartoffeln. Worauf ihm sein Magen einen völlig überflüssigen Vorschlag machte.

»Wie du immer den richtigen Augenblick erwischen tus', Dicken. Dat iss schon unheimlich«. Und schob eine Haarsträhne, die sich aus ihrem Knoten gelöst hatte, hinters Ohr.

»Heißt das, ich bin zum Essen eingeladen?«

»Hab ich einen von euch schon mal vom Tisch gejacht?«

Sie hatten die Wurst noch nicht auf dem Teller, als ein Taxi auf den Hof tackerte und Irmchen hereinschneite.

Benno erzählte von seinem Auftrag und dass er über Nacht wegbleiben würde. Nach dem Essen wusch er noch schnell mit Irmchen das Geschirr ab. Als er einen von Omas alten Tellern in der Hand wiegte, fragte er sich, was an Porzellan so besonders sein konnte.

Danach warf er ein leidlich sauberes Hemd, Unterwäsche und Zahnbürste in eine Reisetasche sowie fünfzehn Pfeifen und vier verschiedene Tabake.

Eine halbe Stunde darauf fädelte er sein Auto in den mäßigen Verkehr der A2 und gelangte via Kamener Kreuz und Kassel in den Harz, wo er gegen Abend in Bad Harzburg eintraf.

Auf einer Infotafel überflog er die dargebotenen Unterkünfte und entschied sich angesichts Faßmanns positiver Einstellung Spesen gegenüber für das Hotel »Sonnenhof«.

Eine treffliche Wahl, wie sich herausstellte. Die Zimmer verfügten über Telefon, Farbfernseher und Minibar. Es gab ein Schwimmbad unter dem Dach, internationale Küche sowie eine erlesene Weinkarte. Der Portier guckte zuerst etwas befremdlich, sah dann an ihm vorbei nach draußen, registrierte den Mercedes, der auf diese Distanz am besten aussah und brachte seine Stirnfalte in Ruhelage.

Alsdann legte Benno sich mit Telefon und Branchenbuch aufs Bett und rief nacheinander alle Hotels und Pensionen an, den Wunsch äußernd, Freiherr von Diepenbeck zu sprechen. Jedoch, in keinem der Häuser war der alte Herr abgestiegen. Ein ungutes Gefühl im Bauch, rief er Faßmann privat an, der ihm versicherte, seines Wissens nach besitze der Baron weder ein Haus noch eine Wohnung im lauschigen Harzstädtchen. Und auch von Bekannten oder Verwandten dort wisse er nichts.

Mit einem Fragezeichen im Kopf begab er sich zum Abendessen. Und bei gegrilltem Lamm und einer Flasche kalifornischem Merlot fing er an, die lange Fahrt zu bereuen. »Doch der ist nicht weise, der nicht auch Narr sein kann.«

Am nächsten Morgen fuhr er nach einer ruhigen Nacht im Doppelbett und einem opulenten Frühstück zum nächsten Katasteramt, wo man ihm Faßmanns Aussage bestätigte. Der Porzellanbaron verfügte in der Gegend über keinerlei Grundbesitz. Zwei Stunden verbrachte er in Cafes und Restaurants, bei der Kurverwaltung und dem Einwohnermeldeamt. Wie es schien, hatte Siegmund Freiherr von Diepenbeck noch nie in seinem Leben einen Fuß in diese Stadt gesetzt.

*

Da Christiane noch Bürokram vor der Brust, der schmalen, hatte und er selbst eine Observation zum Abschluss bringen musste, fand sich für Frau Jenninger erst am nächsten Vormittag Zeit.

Sie kam ins Büro und ehe sie noch einen vernünftigen Satz herausbrachte, heulte sie zwei Tempos in Grund und Boden.

»Ich kann das einfach nicht begreifen ... so ein liebes Mädchen ... diese Schweine schlagen sie zusammen ... brutal zusammen ... und fallen über sie her wie Tiere und ... ausgerechnet an ihrem Geburtstag ... sie hat doch niemandem was getan.

Chris wechselte einen Blick mit Wolli, setzte sich neben die Frau auf die Besuchercouch und legte einen Arm um sie. Womit sie erreichte, dass die Klientin nur noch umso lauter schluchzte. Schröder wusste kaum noch, wo er hingucken sollte und nur der ungewohnten Situation wegen holte er sich eine Dose Bier aus der Dunkelkammer.

Als er zurück ins Chefbüro kam, schnäuzte Frau Jenninger sich gerade die Nase und sah hilflos wie ein Hündchen zu ihm auf.

Wolli nahm einen Schluck Bier, stellte die Dose zur Seite und setzte sich ihr gegenüber hin. »Jetzt erzählen Sie mal der Reihe nach.«

»Das war vorige Woche, am Dienstagabend. Maike, meine Tochter ... ich bin Witwe und hab sie allein großgezogen ... also, Maike hatte Geburtstag, sie ist neunzehn geworden, und wir wollten abends essen gehen. Aber sie kam nicht.«

»Sie kam von wo nicht?«, fragte Chris sanft.

»Von der Baustelle. Ach ja, das wissen Sie ja nicht. Maike studiert, sie will Bauingenieurin werden. Und deshalb hat sie sich um dieses Praktikum beworben, das gehört ja zum Studienplan. Auf Egon Emscher.«

»Oben, in der Nähe vom Hafen?«

Mutter Jenniger nickte. »Die Leute von der Wachgesellschaft, die da abends nach dem Rechten sehen, haben sie gefunden. Sie lag im Schlamm, ohne... halbnackt.« Ein Weinkrampf packte sie und ließ sie für Minuten nicht in Ruhe.

Schröder steckte sich eine Zigarette an, stand auf und holte den Destillierten aus dem Aktenschrank. Er goss ein Gläschen ein und drückte es der bibbernden Frau in die Hand. Sie verschüttete ein Viertel, ehe sie den Schnaps kippen konnte, und schüttelte sich. Aber es half ein bisschen. Alkohol, dachte Schröder kurz, hat durchaus seine positiven Seiten. Das sollten Kritiker wie Frau Ullmann auch mal bedenken.

»Wurde sie...« Christiane zögerte kurz. »Wurde Ihre Tochter vergewaltigt?«

Die Frau nickte wieder. Ein krampfhaftes Nicken, als wolle sie damit die Tatsache selbst abschütteln. »Sie hatte versucht, sich zur Straße zu schleppen, aber... Eine Rippe war gebrochen und deshalb...«

Für einen Augenblick hatte er Anna vor Augen. Er schluckte. »Sie sprechen von mehreren Tätern. Wieviele waren es denn?«

»Zwei, sagt Maike.«

»Hat sie sie gesehen? Würde sie die beiden erkennen?«

»Nein. Es war ja dunkel.«

»Wie alt? Ungefähr.«

»Nicht alt. Mitte zwanzig vielleicht.« Automatisch nahm sie das Gläschen, wollte trinken und fand es leer.

Er füllte nach. »Gibt es Zeugen?«. Und als sie den Kopf schüttelte: »Wann genau ist es passiert?«

»So gegen sieben, halb acht. Maike hatte noch was vorzubereiten für den nächsten Tag. Das tat sie oft.«

»Sie war also allein auf der Baustelle?«

»Nehme ich an, ja.«

»Sie haben den Vorfall doch hoffentlich der Polizei gemeldet?«, fragte Chris.

»Natürlich. Aber die machen nichts. Die haben mir versprochen, alles Menschenmögliche zu tun, aber sie machen nichts. Fünfmal bin ich schon bei denen gewesen. Und wozu?« Den letzten Satz schrie sie fast.

»Können Sie sich jemanden denken, der einen Grund hätte, Ihrer Tochter so was anzutun?«

»Ach was.« Fast ärgerlich wischte sie die Frage mit einer Handbewegung beiseite. »Sie müssten Maike sehen. Einen lieberen Menschen gibt es überhaupt nicht. Die kommt mit allen gut aus, mit allen. Immer schon.«

»Vielleicht steckt ein enttäuschter Freund dahinter?«, hakte Chris nach.

Wieder machte Frau Jenninger die Handbewegung, brachte sie aber nicht ganz zu Ende.

Schröders Kreuz fühlte sich plötzlich an, als hätte jemand einen Stock reingeschoben. Da war was.

»Nein«, sagte die Mutter. Und dann noch einmal: »Nein.«

»Wie heißt er denn?«

Die Mutter sah von ihm zu Chris und wieder zurück. »Der Sven doch nicht. Niemals würde der so etwas tun. Und überhaupt ...«

»War dieser Sven mal mit Maike befreundet? Hat sie ihn sitzen lassen?«

Der Blick von Chris sollte wohl andeuten, dass er ruhig eine Spur behutsamer vorgehen könnte.

»Sitzen gelassen. Mein Gott, das sind doch noch halbe Kinder, das hat bei denen doch gar keine Bedeutung.« Sie druckste einen Moment. »Maike hat Schluss gemacht, weil ... naja, die haben gar nicht zusammengepasst. Das ist eine ganz andere Welt, wo der herkommt.«

»Erzählen Sie mal.«

»Herr Schröder.« Unruhig rutschte sie auf die Couchkante. »Der Sven hat damit nichts zu tun. Das können Sie mir glauben. Das ist im Grunde ein ganz anständiger Junge.«

Was glaubst du, Mutter Jenninger, wieviel Unanständiges ich schon bei den Anständigen erlebt hab? Er sagte nichts in der Art, trank nur einen Schluck Bier und drückte die Zigarette aus. »Haben Sie der Polizei von Sven erzählt?«

»Nein, natürlich nicht.«

»Geben Sie Frau Ullmann trotzdem gleich seinen Namen und die Adresse.«

Eine hilflose Dankbarkeit stand jetzt in ihren Augen. »Sie wollen mir also helfen, diese Kerls zu finden?«

»Nein«, sagte Schröder. »Wir werden sie allein finden. Sie halten sich da schön raus, okay?«

Sie nickte wieder, diesmal offensichtlich erleichtert. »Was wollen Sie denn unternehmen?«

»Wir haben da unsere Methoden«, sagte Schröder und wäre in diesem Moment froh und dankbar gewesen, hätte er diese Methoden etwas näher gekannt.

*

Vier Stunden Fahrt hin, vier Stunden Fahrt zurück. Und nur, um rauszufinden, was er ebensogut vom Büro aus telefonisch herausgefunden hätte. Ein Gutes hatte die Sache allerdings: Auf diese Art musste er sich nicht als Reporter bloßstellen. Und das Lamm war wirklich vorzüglich gewesen, den Kalifornier nicht zu vergessen.

Benno fuhr schnurstracks nach Hause, von wo aus er Schröder anrief und danach Faßmann, mit dem er einen Termin für halb zwei vereinbarte. Er tauschte Hemd und

Wäsche in der Reisetasche gegen frisches Zeug und die benutzten Pfeifen gegen neue aus. Irgendwie kam er sich vor wie ein reisender Handelsvertreter.

Zurück ins Auto. Zurück in die City.

Faßmanns Ladenlokal hätte sich auch in der Bond Street oder dem Boulevard Saint Michel nicht zu schämen brauchen. Selbst die gut riechende, bleich geschminkte Verkäuferin sah teuer aus. Und das Büro erst … Rosenholzschreibtisch, Sitzgruppe aus beigefarbenem Büffellleder, an den Wänden Seidenbespannung.

Faßmann, Typ Chefarzt nach Feierabend, sah schlecht aus, als habe er die letzte Nacht wenig geschlafen. Er nahm eine winzige gelbe Pille aus einem schnörkeligen Porzellandöschen und spülte sie mit einem Schluck Selters hinunter. »Kaffee, Herr Korn? Oder lieber ein kleiner Sherry?«

Benno lehnte beides ab und berichtete in kurzen Worten von seiner vergeblichen Mission.

»Sehr seltsam«, sagte der Antiquitätenhändler. »Warum sollte Hahn mich anlügen?« Und auf Bennos fragend hochgezogene Augenbraue: »Viktor Hahn ist der Privatsekretär des Freiherrn. Es kann nur so sein, dass er in dessen Auftrag die Unwahrheit sagt.«

»Wollen Sie, dass ich weiter dranbleibe?«

»Aber selbstredend, Herr Korn, selbstredend. Warten Sie.« Er stand auf, ging zum Schreibtisch und kam mit einem Umschlag zurück. »Ich habe Ihnen ein paar Materialien über Freiherr von Diepenbeck zusammengestellt. Vielleicht hilft es Ihnen weiter.«

Benno blätterte die Unterlagen durch. Eine engbeschriebene Seite und drei Fotos, die zwei Männer und eine Frau zeigten, die allesamt nach Pflegestufe drei aussahen.

»Der da ist Viktor Hahn, Diepenbecks Sekretär«, erklärte Faßmann. »Der zweite Karl Grundknecht, sein Fahrer und Gärtner und Martha Niehusen, die Haushälterin.«

Nebeneinander gelegt erinnerten die drei an erfundene

Witzfiguren, einer der Männer groß gewachsen, der andere gedrungen, die alte Frau pummelig und mütterlich. Sekretär, Fahrer und Haushälterin. Bislang hatte er so etwas nur in Büchern gelesen. »Ich werd sie mal vorsichtig anzapfen.«

»Aus denen werden Sie nichts herauskriegen. Auf seine Leute kann Diepenbeck sich hundertprozentig verlassen. Sie sind absolut loyal und ihm treuestens ergeben.« Auch das erschien eher aus einem Roman als aus der Realität zu stammen. Doch weiß man, was hinter so manchen Hecken des Essener Adels Realität ist? Nee. Weiß man nicht.

Benno schloss den Umschlag und stand auf. »Was genau vermuten Sie eigentlich, Herr Faßmann?«

Einen Moment konnte man denken, Faßmann wolle nicht antworten. »Nun ja, es kursieren gewisse Gerüchte, nach denen einige Stücke aufgetaucht sein sollen. Grabbeigaben, meistenteils Plastiken, wahrscheinlich Yüeh-Seladone. Doch wenn es stimmt, dann wird auch eine Menge Blanc de Chine darunter sein. Und zwar nicht irgendwelches, sondern mit Sicherheit Exemplare, die zum ältesten weißen Porzellan gehören, das jemals hergestellt wurde.«

»Teuer?«, fragte Benno, schon an der Tür.

»Teuer?« Faßmann schnaubte heftig. »Als Laie können Sie sich gar keine Vorstellungen davon machen.«

Benno gab Händchen und stampfte unter dem irritierten Lidflackern der bleichen Schönheit aus dem Laden.

Hunger wühlte im Gekröse. Er überlegte, ob er beim Büro vorbeifahren sollte, aber Schröder würde wohl nichts vom Mittagessen übrig gelassen haben. Also fuhr er rüber nach Heisingen, wo er am Ortseingang eine Trinkhalle fand. Das Angebot des Tages bestand aus Bockwurst mit Kartoffelsalat, wahlweise Brot. Er bestellte einen Kaffee dazu. Der Mann hinter der Theke trug Koteletten, die ihm bis ans Kinn reichten und sah aus, als hätte er früher mit Mädchen, zumindest aber mit Waffen gehandelt.

»Sagen Sie, ich such da ein Porzellanmuseum. Diepenbach oder so.«

»Diepenbeck«, verbesserte der Mädchenhändler. »Da müssen Sie wieder zurück und oben an der Ampel rechts rein.« Er stellte ihm Kaffee und Wurst vor den Bart. »Sagen Sie bloß, Sie wollen sich diese alten Pötte und Tassen ankucken? Also, ich war da mal mit meinem Schwager drin. So was von langweilig.«

»Nee, nee. Ich muss da ein Paket abgeben.«

»Kurierdienst?«

»Jau.« Die Wurst schmeckte nach Fischmehl, wie auch immer das Zeug da reingekommen war. »Auf der Adresse steht was von Baron.«

»Baron und von und zu. Trotzdem, war mal ein ganz netter Kerl.«

Benno brachte großzügig Löwensenf zum Einsatz, was die Sache eher schlimmer machte. »War?«

»Bis vor ein paar Wochen. Da hat der noch gegrüßt. Und dann plötzlich macht er auf Michael Jackson.«

»Wie das?«

»Sie müssten das mal sehen, wenn dem sein Wagen hier vorbeifährt. Hinten alles zu, damit man nur ja nicht reinkucken kann. Wie ein Minister, der in den Puff fährt.«

»Und einfach so von heute auf morgen?«

»Genau. Wenn Sie mich fragen: Der hat sie nicht mehr alle.«

»Jaja, die Reichen«, brummte Benno und legte einen Zehner auf die Theke. »An der Ampel rechts, sagten Sie?«

*

»Fräulein Jenninger?« Der Arzt sah sie an, als hätte sie ihm das Gummi aus der Hose gezogen.

»Maike Jenninger«, bestätigte Chris überflüssigerweise. Wieviele Frauen mit diesem Namen hatten die hier wohl liegen? »Ist vergangenen Dienstag eingeliefert worden.«

»Das ist mir durchaus bekannt. Aber Fragen, die eine Patientin betreffen, darf ich trotzdem nicht beantworten. Daran ändert auch das nichts.« Womit er ihr die Vollmacht zurückgab, die Mutter Jenninger ihr unterschrieben hatte.

»Ich möchte doch nur wissen, welche Verletzungen sie erlitten hat.«

»Tut mir leid.«

»Es geht um ein Verbrechen.«

»Dafür ist die Polizei zuständig. Und? Sind Sie von der Polizei? Na, sehen Sie?«

Was sollte sie sich mit dem rumärgern? Er war ein Vollarsch, das hatte sie gleich gemerkt. »Aber die Zimmernummer fällt nicht unter die ärztliche Schweigepflicht, oder?«

»Dreiundzwanzig.«

Sie ließ ihn stehen und stöckelte den Gang hinunter. Schröder wusste schon, warum er nicht mitgekommen war. Pietätsgründe, hatte er es genannt. Eine Frau könnte so was besser. Vielleicht hatte er in dem Punkt sogar Recht. Auf den Anblick eines Kerls war die Kleine wahrscheinlich nicht gerade scharf.

Nach kurzem Anklopfen trat sie ins Zimmer.

Es war ein Doppelzimmer, das zweite Bett benutzt, aber im Moment leer.

Maike Jenninger lag am Fenster, den Blick starr zur Decke. Sie reagierte auch nicht, als Chris die Tür ins Schloss zog.

»Frau Jenninger?«

Keine Antwort.

Chris trat näher. Ihr Magen zog sich zusammen.

Das Gesicht des Mädchens war eine einzige rotblaue Prellung, das rechte Auge dermaßen angeschwollen, dass es im Fleisch fast verschwand. Ein genähter Riss teilte ihre Oberlippe.

»Mein Gott. Das tut mir so leid.«

Im unbewegten Gesicht drehten sich die Augen in ihre Richtung.

»Mein Name ist Christiane Ullmann. Ihre Mutter hat mich ... also unser Büro gebeten, diese Männer ... ausfindig zu machen.« Wieso fiel es ihr plötzlich so schwer, die richtigen Worte zu finden? Warum sagte sie nicht einfach: Ich bin hier, um die Schweine zu schnappen, die Ihnen so etwas Fürchterliches angetan haben?

»... will das nicht.« Es war kaum ein Flüstern.

Chris setzte sich vorsichtig auf die Bettkante. »Was wollen Sie nicht?«

»Lassen Sie mich in Ruhe.«

»Wir werden sie finden, das verspreche ich Ihnen.«

»Nein.« Die Kleine drehte den Kopf zum Fenster.

»Kannten Sie sie oder kamen sie Ihnen vielleicht bekannt vor?«

»Hauen Sie ab.«

»Wollen Sie mir nicht wenigstens ...«

»Hauen Sie ab.«

»Frau Jenninger. Es kann Ihnen doch nicht egal sein, dass die Typen jetzt frei herumlaufen.«

Keine Reaktion. Der Kopf blieb in Richtung Fenster.

Nach zwei weiteren vergeblichen Versuchen gab Chris auf.

Was war los mit der Kleinen? Stand sie noch unter Schockeinwirkung? Nach einer Woche? Oder verdrängte sie nur? Wenn doch nur dieser Arzt mit ihr reden würde.

Vor dem Krankenhaus kramte sie ihr Handy raus und rief

die Nummer an, unter der Frau Jenninger tagsüber zu erreichen war. Eine Reinigung in Katernberg. Es dauerte eine Weile, bis sie an den Apparat geholt wurde. »Ullmann hier. Ich komme gerade von Ihrer Tochter.«

»Was macht sie? Hat sie was gegessen?«

»Darüber weiß ich nichts. Frau Jenninger, Maike will nicht, dass wir uns um die Angelegenheit kümmern.«

»Ach was. Da müssen Sie was falsch verstanden haben.«

»Sie hat mich weggeschickt und will keine meiner Fragen beantworten.«

Am anderen Ende wurde geschwiegen.

»Frau Jenninger, sind Sie sicher, dass wir ermitteln sollen?«

»Ja, natürlich will ich das.«

»Haben Sie eine Ahnung, warum Maike dagegen ist?«

»Nein. Ich bin sicher, da liegt ein Missverständnis vor.«

Da war Chris allerdings anderer Meinung.

Laut der Mutter war der Vorfall vom Polizeirevier Bergeborbeck aufgenommen worden. Chris holte ihren Corsa aus dem Parkhaus und fuhr hin.

Der diensthabende Beamte erwies sich dem Arzt im Bethesda-Krankenhaus als ein Bruder im Geiste.

»Akteneinsicht? Ich glaub, mich holen'se ab, Frollein. Was wird das hier? Ein Fall für zwei? Halten Sie sich da gefälligst raus, den Kerl schnappen wir auch ohne solche wie euch.«

»Wieso Kerl? War das nur einer?«

Der Grüne schob sie fast aus dem Raum. »Wenden Sie sich an die Pressestellle im Präsidium. Bei denen liegt der Fall jetzt nämlich. Und nun, Guten Tag.«

Vor zehn Jahren hätte Chris sich noch den Hals rot geärgert. Aber als Frau in mittleren Jahren hatte man so was nicht mehr nötig. Sie würde auch so alles erfahren, was sie wollte. Zum Beispiel, wieso Maikes Mutter von zwei Tätern ausging.

*

Die Wirtin der »Pension Rose« hieß Schimmer. Nora, wie sie mit einer attraktiven Altstimme hinzufügte. Sie war ziemlich genau das, wovon die Männer abends an der Theke bei Karl-Josef ins Schwärmen gerieten. Mitte vierzig, erfreulich proportioniert, Naturbräune. Ihr weißblondes Haar war in Nackenhöhe gerade abgeschnitten und lief an den Wangen in zwei spitzen Zipfeln aus. Und die Partie um ihre eisgrauen Augen herum verriet, dass sie einem guten Tropfen nicht aus dem Weg ging.

Ja, er hatte Glück, es waren noch Zimmer frei. Für einen Moment ließ sie ihn in der Halle stehen, um die Schlüssel zu holen. Benno sah sich um. An den weiß gestrichenen Wänden hingen Aquarelle in rahmenlosen Haltern. Vereinzelt ein Farn in braunem Keramik. Das Mosaik des Steinfußbodens war griechischen Vorlagen entlehnt, sein blassbrauner Mäander kroch an den Fußleisten entlang wie eine Schlange.

»So. Kommen Sie?«

Sie stieg vor ihm die Treppe hinauf, wobei es ihm nicht gelang, die Bewegungen ihres hübschen Hinterteils zu ignorieren. Über der Halle lag ein heller Raum, von dem aus man in die Zimmer gelangte. In der Nähe des Fensters, von dem man eine über Gebühr treffliche Ausschau auf die Seitenfront und den Garten der Nummer Dreiundsiebzig hatte, stand eine Staffelei.

»Sie malen?«

»Gelegentlich und nicht erwähnenswert.«

Er warf einen Blick auf das angefangene Bild, eine Arbeit in Öl, die einen dem Betrachter abgewandten Frauenakt zeigte. »Ich finde es durchaus erwähnenswert.«

»Danke.«

»Ja, also.« Er sah sich um. »Haben Sie ein Zimmer mit diesem Ausblick?«

Sie folgte seiner Kinnbewegung. »Interessiert Sie die Aussicht?«

»Gewissermaßen.«

Sie schloss auf und ließ ihm den Vortritt.

Ohne auf die Einrichtung zu achten, trat Benno ans Fenster und sah hinaus. »Ich nehme es.«

»Man könnte glauben, Sie seien ein Detektiv.« Nora Schimmer war an der Tür stehen geblieben und beobachtete ihn mit Katzenaugen.

Er nickte nur. Was sollte das ganze Rumlügen und Verstellen?

»Wirklich? So einer wie Thomas Magnum?«

»Stattlicher«, sagte Benno und patschte sich auf den Bauch. »Und Ferrari fahren tu ich auch nicht. Aber ansonsten haut es hin.«

»Und wieso wollen Sie ein Zimmer mit Blick …? Sie sind wegen dem alten Diepenbeck hier?«

»Richtig.« Ohne Umschweife erzählte er ihr eine Geschichte, die in etwa so stimmte. Ohne jedoch Namen und Details zu nennen.

Man konnte sehen, dass sie Feuer und Flamme war.

»Ich wäre Ihnen selbstredend verbunden, wenn Sie diese Informationen und alles, was meine Person betrifft, vertraulich behandeln.«

»Na, klar. Und jetzt? Wollen Sie ihn beschatten oder so?«

»Am liebsten würde ich mit ihm sprechen.«

»Da werden Sie kein Glück haben«, sagte sie. »Der Diepenbeck ist nämlich zur Kur. Davon abgesehen, würde er auch so nicht mit Ihnen reden. Vor einem halben Jahr, da hätte er Sie wahrscheinlich noch höchstpersönlich durch seine Sammlung geführt, aber jetzt …« Nora Schimmer trat näher, so dass er ihre Körperwärme spürte. Ihr Parfum roch dezent und teuer. »Wissen Sie, früher blieb er immer am Zaun stehen, wenn er mich im Garten sah. Heute dreht er mir den Rücken zu. Ist doch seltsam, oder?«

»Je nun«, sagte Benno. »Finden wir heraus, warum dem so ist.«

»Also dieses Zimmer?«

»Dieses Zimmer.«

Er bezahlte unten in ihrem Büro für drei Tage im Voraus. Als er auf seine Quittung wartete, verharrte sein wanderndes Auge auf einer Postkarte am Pinbrett. Sie zeigte das Spielkasino in Bad Harzburg.

»Darf ich?« Sie sah auf, als er die Karte abnahm und umdrehte. »Herzliche Urlaubsgrüße, Ihr … Ist die von ihm?«

»Vom alten Diepenbeck, ja. Er schreibt immer eine Karte. Alle Nachbarn kriegen eine. Wenigstens in der Beziehung hat er sich nicht geändert.«

Die Schrift war steiles Sütterlin, mit Tinte ausgeführt. Und das ganze war am zweiundzwanzigsten März abgestempelt worden. Vorgestern. Ein Tag, bevor Benno hingefahren war.

*

Maikes Exfreund war Sven Koschnek, einundzwanzig Jahre alt, linker Verteidiger bei Stoppenberg 04, wohnte kurz hinter der alten Zeche Zollverein und war Werkzeugmacher. Genauer gesagt: Er war Werkzeugmacher gewesen, denn inzwischen zog er Stütze ab. War gekündigt worden, wegen großer Schnauze.

Schröder hatte das bei zwei Pils in der Kneipe gegenüber von Svens Wohnung erfahren. Und auch, wo er tagsüber normalerweise anzutreffen war. Vor der Kirche. »So'n Langer mit Schnäuzer.«

Da standen gleich sechs von der Sorte, Finger im Bierflaschenhals, Baseballkappe verkehrt rum auf, und machten auf megacool.

»Koschnek?«, fragte Schröder in die muntere Runde.

»Was willste denn von dem?«, fragte einer zurück.

»Bist du Koschnek?«

»Nee, aber ich.« Mit der schlenkernden Bierflasche trat er aus dem Rudel, legte eine Hand in die Hüfte und sah ihn mit zusammengekniffenen Augen an. Sein rechtes Lid zuckte unsicher. »Was liegt an?«

»Geht um Maike.«

Blitzschnell veränderte sich sein Blick, wurde flackerig.

Schröder machte es ihm leicht und winkte ihn mit einer Kopfbewegung von den anderen weg.

Unaufgefordert löste sich ein zweiter Bengel aus der Gruppe, jünger als Koschnek.

»Schon gut, Hammer«, sagte Koschnek zu ihm, worauf der andere zurückblieb.

Schröder ging ein Stück um die Kirche rum.

Maikes Exfreund strolchte ihm hinterher wie ein Hund. »Wieso Maike? Was ist mit der?«

»Lebst du unter 'nem Stein? Deine Freundin ist vergewaltigt worden.«

»Ist nicht mehr meine Freundin.«

»Warum nicht?«

»Geht dich einen Scheiß an. Wer bist du überhaupt?«

»Privatdetektiv.«

»He? Willst du mich hochnehmen?«

Irgendwie ging Schröder heute die Geduld mit herumlungernden Pfeifen ab. Er packte ihn und zog ihn auf Riechnähe vors Gesicht. »Schluss mit lustig. Wo warst du vergangenen Dienstagabend?«

»Eh, bist du bescheuert?«

»Ich zähl jetzt in Gedanken hoch. Bei drei hast du die Fresse dick, okay?«

Koschnek machte ein Geräusch, als würde man auf einen Hamster treten.

»Ich bin schon bei zwei.«

»Dienstagabend? Wieviel Uhr?«

»Zwischen sechs und acht.«

»Da war ich Flippern. Bei Freddy. Ist die Kneipe an der Kreuzung.«

»Da bist du ganz sicher?«

»Klar ist die an der Kreuzung. Ach so! Ja, klar, ich war den ganzen Abend da. Bis nach elf.«

Schröder ließ ihn los. »Warum hat Maike Schluss gemacht?«

Koschnek rieb sich den Knorpel. »Du glaubst doch nicht, ich hätte da was mit zu tun.«

»Beantworte einfach nur meine Frage.«

»Wir haben nicht zusammengepasst. Ist eben so im Leben.«

»Kein aktueller Grund?«

Sein Gegenüber schüttelte den Kopf und sah an ihm vorbei. Er hatte die Schwelle der Demütigung überschritten. Eine fiese Sache, wenn ein Mensch seinen Stolz verliert.

Schröder beschloss, ihm die letzten Punkte zu überlassen. »Hast mir weitergeholfen. Und wegen eben … Bin heute ein bisschen nervös.«

»Verpiss dich.«

Was sollte man sich unnötig Feinde machen? Und dann noch solche traurigen.

*

Im Büro kam Chris gerade mit frischem Kaffee aus der Dunkelkammer und fing gleich an zu erzählen. »Also, das ist die Schärfe. Maike hat ihrer Mutter doch von zwei Männern erzählt.«

»Hat sie. Und?«

»Die Grünen gehen aber nur von einem aus.«

»Na und?« Wolli haute sich in Bennos Sessel, legte die Füße auf den Schreibtisch und angelte sich das Telefon.

»Wahrscheinlich war sie noch durcheinander.«

»Glaub ich nicht.« Sie rumste ihm einen vollen Becher hin. »Schröder, du kannst mir sagen, was du willst. Maike hat Angst. Und darum hat sie die Polizei belogen.«

»Bist du da sicher?«

»Hältst du das hier für Smalltalk?«

»Du meinst, sie kennt den ... die Täter?«

»Genau das.« Chris porkelte ihren Tabak aus der Jacke und setzte sich damit neben seine Füße. »Sie kennt die beiden und hat jetzt Angst, sie zu verpfeifen. Im ersten Schock, ihrer Mutter gegenüber, sagt sie die Wahrheit. Als aber die Bullen sie befragen, behauptet sie, es wäre nur einer gewesen.«

Er überlegte kurz. »Wieso? Ich meine, zwei beliebige Männer, inwiefern würde die eine solche Aussage belasten?«

»Na, gibt doch solche. Enge Freunde, die immer zusammen auftauchen und die man mit Maike in Verbindung bringen würde.«

»Koschnek hat so einen Freund. Nennt sich Hammer. Sekunde ...« Das galt der nöligen Frauenstimme im Hörer, die sich gerade meldete. »Frollein? Schröder hier. Geben Sie mir mal den dicken Pelldorf.« Und zu Christiane: »Angeblich war Koschnek den ganzen fraglichen Abend beim Flippern. Und ich wette, das erste Alibi, das er kriegt, stammt von Hammer.«

»Auf jeden Fall hab ich Fiffi Mausthaler drauf angesetzt, mir den Polizeibericht zu besorgen. Ach, da wäre noch was.«

»Moment. Manni? Schröder hier. Ich brauch alles über einen Sven Koschnek und zwar schneller als ein Katzenfick.« Er gab ihm Adresse und Personalien durch. »Wann hast du es? Okay, ich melde mich.« Er legte auf und schob das Telefon mit dem Fuß an seinen Platz. »Da wäre was noch?«

»Maikes Mutter hat nur eine Halbtagsstelle«, fuhr das gute Kind fort. »Reicht wahrscheinlich gerade mal, um sich und die Kleine durchzubringen.«

Ihre Blicke trafen sich filmreif.

»Wieviel haben wir auf dem Konto?«, fragte er.

»Sagen wir mal, es ging uns schon schlechter.«

»Letzte gute Tat?«

»Liegt viele Wochen zurück.«

»Schön«, sagte Schröder und schwang die Füße vom Tisch. »Unter diesen Umständen machen wir der Dame mal den Ritterlichen und sehen vom Fakturieren unserer Dienste ab. Aber … das bringst du Oma Lene allein bei.«

»Ach, Wolfgang.« Chris drückte ihm einen Schmatzer auf.

Was er sofort schamlos ausnutzte, um die Dame kurzfristig in Rückenlage zu bringen.

Während sie ihre Haare wieder in Ordnung brachte, schnappte Wolli sich die Autoschlüssel. »Und jetzt sehen wir uns mal den Tatort an.«

*

Rotglühend bäumten sich die Tabakfasern auf, sich wehrend gegen die sengenden Flammen, gemarterten Leibern im Fegefeuer ähnelnd. Naja, so ungefähr jedenfalls.

Benno stopfte seine Frickert Fünfundvierzig Handcut, ein sündhaft schönes und ebenso teures Schätzchen, nach, zerwedelte den vollreifen Burleyrauch und lehnte sich zurück.

Die Ansichtskarte war in Bad Harzburg abgestempelt worden, geschrieben und unterzeichnet von Diepenbeck selbst. Optisch war es jedenfalls seine Handschrift, wie ein Vergleich mit einer alten Grußkarte erbrachte, die Nora auf Bennos Wunsch herausgesucht hatte – jetzt nannte er sie in Gedanken schon Nora, interessant. Das hieß, er war also noch vor wenigen Tagen in Bad Harzburg gewesen, hatte aber offensichtlich nicht dort gewohnt. Was er allerdings behauptete, beziehungsweise von sich behaupten ließ. Warum? Wieso?

Theoretisch konnte er natürlich in der Nähe wohnen, in einem Hotel auf dem Lande oder in einer Wohnung außerhalb vom Einzugsbereich des Einwohnermeldeamtes, bei dem Benno nachgefragt hatte. Aber war das nicht unpraktisch, wenn er sich dort wirklich zur Kur aufhielt? Wo in Bad Harzburg genügend Hotelzimmer frei waren?

Benno nahm noch ein Schlückchen Tee und sah aus dem Fenster zur Nummer Dreiundsiebzig hinüber. »Baron, du alter Schwede, was treibst du mit mir?«

Von hier aus konnte man nicht nur den Seiteneingang des freiherrlichen Anwesens beobachten, sondern auch den Weg zum Hauptportal und ein beachtliches Stück des Rasens. Irgendwo da hinten schimmerte ein kleiner Pavillon unnatürlich weiß im dunstigen Nachmittagslicht. Mit Ausnahme eines Fensters im Erdgeschoss waren alle anderen auf dieser Seite dunkel. Und dieses gab lediglich den Blick auf einen tristen Aktenschrank frei, was Benno zu der scharfsinnigen Folgerung brachte, es müsse sich um einen Büroraum handeln. Neben dem Seiteneingang befand sich, durch einen Torbogen mit der Hauswand verbunden, eine Garage mit offen stehendem Flügeltor. Bis auf einen Schlauch an der Wand war sie leer.

Wenn nichts, erst recht kein Auto, drin war, wieso stand sie dann auf?

In diesem Moment erschien eine alte Frau unter dem Torbogen. Die grauen Haare waren im Nacken zu einem Knoten gebunden, eine Frisur, wie auch Oma Lene sie bevorzugte. Doch anders als diese, trug die Frau da unten ein weißes Schürzchen über ihrem dunklen Kleid. Was ihr das Aussehen einer Haushälterin gab, wie man sie sich vorstellt, wenn man zuviel Henry James gelesen hat. Es war Martha Niehusen, wie Benno beim Vergleich mit einem der

Fotos erkannte, die Faßmann ihm überlassen hatte.

Eigentlich hätte er längst in Aktion treten und sich zumindest die Sammlung des Barons ansehen müssen, um bei dieser Gelegenheit Kontakt mit dem Personal zu knüpfen. Oder sich heimlich im Haus umzusehen. Eigentlich. Aber draußen hatte ein fieser feiner Regen eingesetzt, dessen Rauschen ihn schläfrig machte. Hinzu kam die frisch angebrannte Pfeife und der summende Tee auf dem Stövchen. Außerdem lag eine der dicken Schwarten, die er in der Stadtbücherei ausgeliehen hatte, auf seinem Schoß. Ohne ein bisschen Vorbildung, so dünkte es ihn, würde es schwierig sein, da drüben Fuß zu fassen.

Draußen auf dem Korridor knarrte ein Dielenbrett.

Er stand auf, trat leise zur Tür und zog sie auf.

»Oh.« Nora Schimmer hatte noch die Maserung des Türblatts auf der Backe. »Schon gut, sagen Sie nichts. Ich entschuldige mich fürs Lauschen.«

»Ich bitte Sie, gnädige Frau.« Mit einer einladenden Geste bat er sie herein.

»Schließlich habe ich nicht jeden Tag einen Gast, der Detek...«

»Psst!« Er schloss die Tür hinter sich. »Muss ja nicht jeder hören.«

»Es sind eh keine anderen Gäste im Haus.« Sie sah sich um, als erwarte sie etwas Großartiges. Eine Abhöranlage vielleicht, Fernrohre oder Computer. Als sie nichts davon entdeckte, huschte eine sichtbare Enttäuschung über ihr Gesicht.

»Als seine Nachbarin kennen Sie bestimmt die Gewohnheiten des Alten«, sagte Benno, während er einen Cognac aus seinem Kleiderschrank kramte und mit seinem Inhalt zwei Gläser beglückte, von denen er eins ihr reichte.

Sie nahm es ohne Zögern. »Gewohnheiten?«

»Die verschiedenen Procedere, den Tagesablauf betreffend. Vorlieben, Eigenarten, Spinnereien.«

»Was soll Ihnen das nützen, wo er im Moment gar nicht hier ist?«

Benno machte eine vage Bewegung mit der Hand. »Denken Sie trotzdem nach.«

Nora roch am Cognac, wobei ihr Gesicht für Sekunden hinter den Haarzipfeln verschwand, um dann einen winzigen Schluck einzusaugen. »Also seinen Rundgang, den macht er immer noch.«

Gemächlich paffend folgte er ihrer Handbewegung zum Fenster.

»Durch den Garten, immer denselben Weg. Sehen Sie den Pavillon dort? Da verschnauft er dann am Ende und setzt sich ein paar Minuten.«

Die Wärme ihrer Nähe verursachte eine wohlige Gänsehaut auf seinen Armen. Er musste unbedingt herausbekommen, was für ein Parfum sie benutzte.

»Jeden Tag?«

»Jeden Tag, immer nachmittags, so gegen fünf.« Prüfend sah sie ihn von der Seite an. »Interessiert Sie das wirklich?

«Mitnichten, teure Freundin. Ich frag das nur, um etwas länger im Genuss Ihrer Gesellschaft zu bleiben.»

Einen Moment war da mehr als nur eine Frage in ihrem Gesicht. Ein Anflug von amüsierter Koketterie. »Aha.«

»Detektive sind einsame Männer. Allein unterwegs auf Straßen, die außer ihnen niemand gehen will.«

»Ist das so?«

»Nein«, sagte er. »Hört sich aber klasse an. Noch ein Schlückchen?« Und goss ihnen nach. Der zarte Hauch von Romantik verflüchtigte sich mit seiner Handbewegung. War auch gut so. »Jetzt hab ich zwar ein Foto vom Alten, aber das zeigt nur sein Gesicht. Wie sieht er eigentlich aus?«

»Groß«, sagte sie. »Hager. Und ...« Sie zögerte. »Wenn man ihn nicht kennt, wirkt er ein bisschen unheimlich. Besonders, seit er sich in so einen Griesgram verwandelt hat.«

Versonnen sah Benno an ihr vorbei. Ein winziger Gedanke, noch nicht greifbar, schubberte sich an seinem Kleinhirn den Rücken.

*

Es war kalt, es war nass und es war matschig. Und um es perfekt zu machen, wehte ihr der Wind Sprühregen unter die Kapuze. Die Hände in die Taschen ihrer Windjacke gestemmt, dass sie ausbeulten, stakste Frau Ullmann hinter Schröder durch die aufgeweichte Pampe. »Urgemütlich, wirklich. Es wird deiner Aufmerksamkeit vielleicht entgangen sein, aber hier ist niemand mehr, den wir was fragen können.« Mit dem Kopf deutete sie auf die reglos umher stehenden Bagger und Raupen.

»Seh ich selbst.«

»Was tun wir dann hier?«

»Atmosphäre einfangen, uns in die Situation der Täter versetzen.«

»Und? Bist du schon drin?«

Schröder blieb stehen. Die Schultern seines Trenchcoats waren dunkel vor Nässe. Wenn er sich eine Erkältung holte, blieb das wieder an ihr hängen. Oder hatte die Welt schon mal einen Mann erlebt, der ohne nerviges Jammern einen Schnupfen kriegt? »Ob die ihr aufgelauert haben?«

Chris zog die Nase hoch. »Das ist abends um sieben passiert. Da ist hier längst Schicht im Schacht.«

»Also aufgelauert. Frage: Wer wusste, dass Maike so spät noch auf der Baustelle war?«

»Ihre Mutter.«

Er warf ihr einen Seitenblick zu. »Du bleibst weit unter deinen Möglichkeiten, Kleines.«

»Arbeitskollegen«, vermutete sie weiter und rieb die klammen Beine aneinander. »Ihr Ex, dieser Sven, was weiß ich.

Sie kann es in der Nachbarschaft erzählt haben, im Supermarkt, an der Uni. Halb Essen kann davon wissen.«

Schröder stieg über ein paar tief eingefahrene Radspuren, in denen knöchelhoch das Wasser stand. »Wie sieht sie eigentlich aus?«

Grün und blau geschlagen, wollte sie antworten. Aber sie wusste, worauf er hinaus wollte. »Normal, würde ich sagen, bisschen pummelig. Nicht hässlich, aber auch keine Schönheit.« Widerwillig folgte sie ihm durch die Furchen. »Kein Typ, von dem ein Geilbock träumt.«

»Dachte ich mir fast.« Endlich blieb er stehen, sah sich um. »Naja, auf den ersten Blick ist die Gegend hier ideal für so was. Andererseits, da warten diese Arschlöcher bei Regen und Kälte? Um ein Mädchen zu vergewaltigen?«

»Darum ging es nicht«, sagte Chris. »Die Vergewaltigung war nur die Sahne obendrauf. Es ging um ...«

»… einen Denkzettel?«

»Rache? Verletzte Eitelkeit?«

»Angst. Du sagst, sie hat Angst.« Trotz des Regens versuchte er, eine Zigarette anzustecken, gab es auf und blieb schon wieder stehen. »Ach, nee. Kuck an.«

Chris folgte seiner Kinnbewegung. Ein paar Hundert Meter linker Hand führte eine Straße am Gelände vorbei, die von krank aussehenden Bäumen gesäumt war. Zwischen den Bäumen standen vereinzelte Wohnwagen, und doch war es wohl kein Campingplatz.

»Vielleicht haben die was gesehen.«

In der Nähe eines Caravans, durch dessen zugezogene Vorhänge sich schwülstig rotes Licht drückte, war der Bauzaun aus der Halterung gehoben. Wie praktisch für die Mittagspause.

Zwei Frolleins beäugten misstrauisch ihr Näherkommen, beide in Stretchminis, Strapsen und Stiefeln bis zu den Oberschenkeln. Das ältere Modell hatte trotz Kälte und Nieselregen die Jacke offen und wucherte mit den aufgestauten Füllungen ihrer Double-D-Körbchen. An den Gänsehäuten darauf konnte man sich mühelos die Fingernägel feilen.

»'nabend, Mädels«, grüßte Schröder.

Die Augen der Jüngeren klebten an Chris, wie ein Powerstrip an der Badezimmerkachel. Wenn sie wieder wegguckte, würde es mit Sicherheit schmatzen. »Eh, sorry, Leute. Aber die Kollegin mit der Bi-Nummer ist heute nicht auf der Meile.«

»Dass ihr Weiber aber auch immer nur an das eine denken könnt«, stöhnte Schröder, schirmte die Hand ab und brachte endlich seine Zigarette ans Glühen. »Hast du mal 'nen Fuffi, Chris?«

»Du willst … was?«

Er machte eine unwillige Kopfbewegung.

Sie suchte einen Fünfziger aus der Jacke.

Schröder ging zu der Älteren und knisterte ihr den Schein zwischen die Möpse.

Manchmal konnte man sich regelrecht schämen für ihn.

»Wolfgang Schröder, Privatdetektiv«, stellte er sich vor und ergänzte mit einem Blick zu Chris: »Meine Partnerin Christiane.«

»Chantal«, sagte sie und zog ratschend den Schein aus der Gänsehaut.

Wahrscheinlich hieß sie Erika Eppelbach, aber was soll's? Wo sich heutzutage selbst mittelmäßige westfälische Krimiautoren Künstlernamen geben.

»Ich nehme an, ihr habt das mit der Kleinen gehört.«

»Was für 'ne Kleine?«

»Das Mädchen, das hier gleich nebenan vergewaltigt wurde.«

»Scheiße, nein. Wann war denn das?«

»Vergangenen Dienstag, so gegen sieben, halb acht ungefähr. Da seid ihr doch bestimmt auch hier gewesen. Ich frag nur für den Fall, dass euch irgendwas aufgefallen ist.«

»Dienstag?« Chantal Eppelbach drehte nachdenklich die Augen in den Regen. »Aufgefallen?« Kopfschüttelnd drehte sie sich zu der anderen.

Die hakte einen Daumen hinter die Strapse, zog und ließ sie gegen den Schenkel knallen. »Nee. Und jetzt seid ihr hinter der Sau her? Klasse. Wenn ihr ihn habt, bringt ihn mal kurz vorbei. Dem tret ich die Eier in den Balg, dass er meint, er hätte en zweites Paar Mandeln im Hals.«

»Sehr freundlich. Wir werden bei Gelegenheit gern darauf zurückkommen.« So langsam wurde es Frau Ullmann fröstelig.

Schröder, der ihr Zittern bemerkte, trat seine nasse Kippe in den Straßendreck. Er guckte die Rue runter, die menschenleer im Regendunst lag, dann zu dem Wohnwagen mit dem Rotlicht im Fenster. »Wäre nett, wenn ihr mal bei den Kolleginnen rumhorchen würdet. Eventuell hat die eine oder andere was gesehen oder gehört.« Damit gab er Chantal seine Karte.

»Kein Problem.« Sie steckte sie in die Jacke und knautschte ihm im Austausch seinen Fünfziger in die Jackentasche. »Lass stecken«, sagte sie.

Chris gab ihr einen dicken Pluspunkt. Bei dem Job noch menschlich zu bleiben, fiel bestimmt nicht immer leicht.

Hintereinander stiegen sie durch den Bauzaun, zurück zum Auto, vorbei an flachen Abraumhalden, die auf blauen Plastikplanen lagerten. »Sag mal, was machen die hier eigentlich?«

»Kontaminierte Böden abbauen. Damit den Leuten später nicht der grüne Schleim aus dem Gesicht tropft. Bis Ende nächsten Jahres wollen die hier so'n Technologiezentrum hinklotzen.« Ehe er sich ins Auto setzte, streifte er pingelig den Modder von den Schuhsohlen. »Noch Lust auf 'en netten Abend?«

»Nicht, wenn er in den ›Hubertus-Stuben‹ anfängt.«

»Schlimmer«, meinte Schröder. »Viel schlimmer.«

*

Es konnte nun wirklich niemand behaupten, Frau Ullmann sei eine Tussi. Oder wählerisch oder vom Leben verwöhnt. Oder dass sie kein Herz für einfache Leute gehabt hätte, immerhin hielt sie es im zwölften Jahr bei Schröder aus. Aber »Freddys Ecke« war mit denkbar größtem Abstand die prolligste Prollbude, in die sie jemals verschleppt worden war.

Draußen in allen Fenstern Schalkefahnen. Drinnen Modern Talking. Neben der Tür pfiff sich eine hohlwangige Frau Jägermeister ein und ließ dabei ihren Begleiter so etwas wie eine gynäkologische Vorsorgeuntersuchung durchführen. Während ein zweiter mit mühsamer Konzentration und schwankendem Zeigefinger auf sie einlallte. Weiter hinten zuckten und ruckelten ein paar Typen an Flippergeräten rum.

»Hehe ...« Chris lächelte falsch. »Das ist jetzt nur Spaß, oder? Ich meine, du willst hier nicht wirklich rein?«

»Entspann dich, Schätzchen.« Eine Hand in ihrem Rücken, schob Schröder sie zu einem freien Tisch, direkt neben dem Durchgang zum Klo. »Denk dran, wir sind Peggy und Wayne.«

Peggy und Wayne aus Leerfield/Illinois auf Weekend in Atlantic City. Sie, die Schrille mit der schnellen Lache. Er nannte sie Honey und ließ zwei Goldketten im Brusthaar schaukeln. Das war die Nummer, mit der sie sich bei Bedarf auf Prollniveau absenkten.

Heute klappte es nicht. Heute nicht und nicht bei Chris.

Außer der einen Frau waren nur Männer in der Kneipe. Fünf trugen trotz der grottenschlechten Beleuchung verspiegelte Sonnenbrillen, siebzehn einen Schnauzer. Und wer glaubte, die Zeit für Ballonseide wäre endgültig abgelaufen, konnte hier ins Staunen kommen. Die Blicke der Kerls waren wie klebrige Finger, die ihr in wenigen Sekunden die Klamotten vom Leib zogen. Wäre sie allein gewesen, hätte sie den Tisch wohl nur als Schwangere erreicht. Ein starkes Stück Revier, in der Tat. »Wenn das der Kommunalverband wüßte.«

Immerhin wurde am Platz bedient. Und doch ... Der Wirt sah aus wie Erbrochenes vom ungeborenen Erdferkel und war bis hoch zum Adamsapfel tätowiert. Chris meinte zu spüren, wie sie in Duldungsstarre verfiel.

»Zwei Pils«, sagte Schröder und fischte seine Zigaretten raus.

Der hatte doch wohl nicht vor, länger zu bleiben!

»Habt ihr was zu essen?«

»Currywurst nach Art des Hauses.«

»Zweimal.«

Oh, mein Gott!

In diesem Moment wurde es draußen vor der Tür laut. Offensichtlich gab es da was in die Schnauze.

»Wolli«, flüsterte Chris. »Wenn einer sie ablenkt, schafft es der andere vielleicht noch zum Klofenster raus.«

»Ich weiß gar nicht, was du hast. Okay, die Weinkarte ist nicht besonders. Aber man muss sich auch mal bescheiden können.«

»Das ist nicht zufällig der nette Abend, von dem du sprachst?«

»Warte ab. Noch hat er ja nicht angefangen.«

»Genau das fürchte ich.«

Die Currywurst war vielleicht nach Art des Hauses, aber keine Currywurst, sondern ein Knacker, der über die ganze Länge eingeschnitten war. Aus dem Schnitt, der Chris das Wort Leichenöffnung aufdrängte, glitschte Ketchup und wer weiß was sonst noch. Daneben lag ein Tomatenschnitz und eine flappige Toastscheibe. Christianes Magen drehte sich nicht um, er stellte sich tot.

Schröder hatte bereits den Mund voll.

Nur der Form halber stach sie mit der Gabel in die Wurst,

worauf die sich spritzend verbog. Wasser sammelte sich auf dem Teller. Sie aß den Tomatenschnitz.

Schröder aß ihre Wurst mit und bestellte noch zwei Pils.

Aus den Boxen dröhnte jetzt Wolle Petry. »Warum schickst du mich in die Hölle? Hölle, Hölle, Hölle, Hölle.« Gute Frage.

Sie dachte an ihre Teenagerzeit, an die Fotoromane in der Bravo. Ein romantischer Abend in einem Lokal am Meer, leise Musik, dir gegenüber der Mann deiner Träume ... Und es gibt Currywurst nach Art des Hauses. »Sag mal, warum dieser Masochismus?«

Wolfgang Schröder guckte erstaunt auf. »Ich hatte Hunger. Ach so, ja.« Er drehte sich zum Wirt, der gerade zwei Gläser Pils brachte, an denen klebrig nass der Schaum runterlief. »Mal 'ne Frage, Meister. Der Koschnek, der Sven, ist der öfter hier?«

»Ach nee.« Der Wirt zögerte, als würde er überlegen, ob er ihnen die Pils überhaupt geben sollte. »Bullen, was?«

»Privatermittler«, sagte Wolli. »Geht um die Vergewaltigung von Maike Jenninger.«

Sein Gegenüber schluckte, dass ihm der Knorpel die Tätowierung in Wellen legte. Sekundenlang trat was in seine Augen, was Chris nicht vermutet hätte. Nicht bei ihm, nicht hier. Mitleid. Dann rempelte sich Bruder Macho wieder in den Vordergrund. »Hab gehört, die Kleine liegt ziemlich schwer.«

»Ist gerade von der Intensivstation runter.« Schröder nahm ihm die Pils aus der Hand und trank seine Schaumkrone ab. »Ist jetzt keine Beschuldigung, sondern reine Neugier. Aber kannst du dich dran erinnern, ob der Sven und sein Kumpel Hammer am Dienstagabend hier waren? Bis gegen elf, etwa.«

Der Wirt bekam schmale Augen. »Und wenn Sie es nicht waren?«

»Heißt das noch lange nichts.«

»Dienstag.« Er guckte kurz zu den Flippern, kratzte sich dabei am Arm. »Also, mit Uhrzeit und so … Hier waren die bestimmt. Nur, wie lange? Kann ich nicht sagen. Glaubst du, der Koschnek ...?«

»Gibt keine Anhaltspunkte dafür. Rumfragen müssen wir trotzdem.« Schröder fischte Kleingeld und ein paar Scheine aus der Hosentasche. »Können wir dann zahlen?«

»Zweinundzwanzigvierzig«, sagte Chris schnell. Sie führte schon seit dem Eintreten Buch im Kopf, für den Fall, dass sie übereilt aufbrechen mussten.

Sie sah dem Wirt nach. Er war noch keine Minute an der Theke, da ging schon das Ratschen los. Köpfe drehten sich zu ihnen.

»Na, Häschen? Hat es dir gefallen?«

»Es überrascht mich immer wieder aufs Neue, wie du dich ins Wunschdenken einer Frau einfühlen kannst.«

»Ja, nicht?«

Mittlerweile stierte die Hohlwangige glasig nach Nirgendwo, die Hand um den letzten Jägermeister des Abends gekrallt. Jetzt schon. Ihr Begleiter machte sich unvermindert emsig an ihrer Intimzone zu schaffen. Immer noch.

»He, Sie«, meinte Chris. »Was glauben Sie eigentlich, da drin zu finden?«

*

Es gab Sherry vorneweg, dann Mozzarella auf Basilikumtomaten, zum Hauptgang gedünsteten Schwertfisch an Butterreis und zum Abschluss selbstgemachtes Tiramisu. Dazu eine Flasche 94er Gavi Doc, ein wahrlich unverschämtes Tröpfchen. Später gab es dann noch eine Flasche 94er Gavi Doc und noch später noch eine. Doch da hatten sie bereits das eher kühle Ambiente des Speisezimmers mit dem kuschligen Wohnzimmer vertauscht. Und während draußen der ruppige Märzwind Regen ums Haus trieb, steckte Nora Kerzen an und Benno machte ein Feuer im Kamin.

Schon beim zweiten Gang hatten sie ein gemeinsames Interesse entdeckt, das Kochen. Ohne großes Nachbohren kamen weitere zutage. Nora kannte sich in der italienischen Literatur ebenso gut aus wie er in der englischen. Sie mochte Beethoven, er Brahms, beide waren sie der zeitgenössischen Malerei zugetan. Sie rauchte nicht, sog aber schnuppernd den Duft seiner Pfeifentabake ein und vom Wein verstand sie nicht weniger als Benno.

Beide waren Singles, nicht aus Überzeugung, sondern weil sich nie das passende Gegenstück gefunden hatte. Nora hatte die Pension geerbt und führte sie ohne große Ambitionen, Benno war Privatdetektiv, weil er glaubte, es Oma Lene schuldig zu sein. Beide konnten sich fürs Alter ein Häuschen an der Algarve vorstellen. Es würde aber auch Husum tun.

Sie erzählte von ihrer behüteten Jugend und ihrem abgebrochenen Studium der Kunstgeschichte. Er von seinem Schlendrian der letzten Jahre und der Sorglosigkeit, die sich einstellt, wenn man keine großen Bedürfnisse hat. Ihre Haarfarbe war echt, so wie sein Bauch.

Nach der dritten Flasche ging sie wie selbstverständlich voraus ins Schlafzimmer und Benno ging genauso selbstverständlich hinterher.

*

Früh am nächsten Morgen fuhr Christiane als erstes zur WAZ, wo Fiffi Mausthaler inzwischen gelandet war, nachdem er seinen »Echolot« im vergangenen Jahr an eine Bochumer Blattgruppe verkauft hatte, die sich wiederum zu achtzig Prozent im Besitz der WAZ befand. Obwohl er das finanziell nicht mehr nötig hatte, spielte er dort jetzt den Ressortleiter für Kommunales/Vermischtes. Wobei es von der Messerstecherei bis zur Eröffnung neuer Großkinos ging und womit er die anderen Ressorts je nach Bedarf versorgte oder es sein ließ. Denn im Grunde hatte man den Posten eigens für ihn eingerichtet, weil es als Bedingung in seinem Kaufvertrag für den »Echolot« gestanden hatte, nicht aus einer Notwendigkeit heraus.

Jetzt hatte er die Bankkonten voller Patte, aber: Dass er sich mal die Zähne hätte richten lassen? Oder besser gleich ganz raus und andere rein? Nee. Und so bleckte er Chris an diesem Morgen wie ein transsilvanischer Wolf an, während er, ganz Geschäftsmann, um seinen Schreibtisch herum kam, um ihr die Hand zu geben. Natürlich hielt er sie wieder länger als nötig und seine Augen tasteten ihre Weichteile ab, wie ein Sensor bei der Zollkontrolle. Sie wunderte sich, dass er an den entsprechenden Stellen nicht anfing zu piepsen.

»Ja, Chrissi-Kind. Lass dich anschauen.«

»Nur kucken, nicht anfassen.«

»Kennst mich doch.«

»Eben.«

»Klasse. Ich liebe dich, weißt du das? Warum bleibst du bei Schröder und vergeudest deine besten Jahre als Frau? Kaffee, Tee, Minne, O-Saft?«

Sie lehnte ab und fragte nach dem Polizeibericht.

»Weißt du, manchmal denke ich, du nutzt meine Gefühle für dich nur aus.«

»Blödmann, du stellst uns doch eh jede Minute Recherche in Rechnung.«
»Das ist etwas anderes. Warte, wo haben wir es?« Er kramte auf seiner Schreibtischplatte herum, die unter Stößen von Papier fast verschwand, alles nur Show und um Eindruck zu schinden. »Ja.«
Sie nahm ihm das Papier ab, eine Fotokopie. Weiß der Teufel, wie er da dran gekommen war.

»Die Spurensicherung hat Fußabdrücke gefunden, die von zwei Männern stammen«, erklärte er, bevor sie noch die entsprechende Stelle fand. »Es sei denn, es waren zwei Lesben mit Schuhgröße sechsundvierzig.« Und prustete los wie ein Bescheuerter.

Chrissi-Kind hob eine Augenbraue. »Können wir wohl nicht von ausgehen, was? Also wirklich zwei Täter.«

»Kannst nachlesen, da besteht kein Zweifel. Wieso? Ist an der Sache was faul?« Er witterte eine Story.

»Nee, nee. Da bestand nur eine Unstimmigkeit.«

»Samenspuren.« Er zerdehnte das Wort förmlich. »Samenspuren haben sie auch gefunden. Zweierlei Blutgruppen, steht weiter unten.«
Bevor er sich groß darüber auslassen konnte, packte sie den Bericht ein und verkürzte das für ihn typische Ritual des Verabschiedens mit Bussis und Einladung zum Abendessen, indem sie ihm aufs Schulterblatt haute.

Sie ging ein paar Schritte in die City, erstand einen Blumenstrauß und fuhr damit ins Bethesda.

Maike, die keinen Deut besser aussah als gestern, stöhnte leise, als sie hereinkam.
»Nicht aufregen, schön ruhig bleiben«, sagte Chris und stellte die Blumen in eine Vase,die sie sich aus dem Schwesternzimmer gegriffen hatte. »Ich hab nur ein paar Fragen, dann bin ich wieder weg.«

»Warum lassen Sie mich nicht in Ruhe?« Auf jeden Fall war die Kleine heute besser bei Stimme.

»Geht nicht.« Christiane setzte sich auf die Bettkante und bereute es schon in der nächsten Sekunde. Nicht nur, dass sie die junge Frau nicht kannte und die Geste von daher zu vertraut schien. Nein, da war etwas anderes, eine spürbare Distanz, ein harter Trotz, der von der Kleinen ausging. »Ich nehme an, Ihre Mutter hat mit Ihnen drüber gesprochen. Sie möchte, dass wir uns weiterhin um die kümmern.«

»Ich bin volljährig.« Wieder drehte sie den Kopf zum Fenster. Auch das eher hilflos als herrisch.

Unwillkürlich wollte Chris das entstellte Gesicht berühren, doch ihre Hand zuckte in der Bewegung zurück. Und das nicht etwa aus Angst, ihr weh zu tun. »Das ist richtig, und Sie müssen auch nicht mit mir sprechen. Aber ermitteln werden wir trotzdem, ob Sie es wollen oder nicht. Die Frage ist nur, warum Sie es nicht wollen.«

Die Kleine antwortete nicht.

»Haben Sie Angst vor den beiden?«

»Was bringt es, wenn Sie sie wirklich erwischen.« Es war keine Frage. »Davon wird auch nichts besser.« Mit deutlichem Schmerz im Gesicht drehte sie sich um, drehte Chris den Rücken zu.

Sie musste wirklich große Angst haben.

*

Das war ein Erwachen! Anstatt von Braumüllers neurotischem Hahn geweckt zu werden, der meist drei Stunden früher auf den spillerigen Beinen war und sich die Seele aus der Strotte krähte, erwachte Benno bei Noras wohligem Seufzen.

Sie lächelte ihn an. »Na? Geht's dir gut?«

»Wollust weiß von Sorgen nichts.«

Unverzüglich fuhren sie da fort, wo sie gestern Nacht aufgehört hatten.

Bis auf ein gelegentliches Bümserchen mit Irmchen, wenn

beide es mal wieder nötig hatten, war da in letzter Zeit nicht viel gelaufen. Und Benno wunderte sich, wie das so lange funktioniert hatte. Wenn es auch kein Vergleich war. Ein Vergleich mit Nora erübrigte sich von vornherein, weil mit ihr war es … anders. Intensiver. Schöner. Anders eben.

Da es im Moment keine weiteren Gäste im Haus gab, tat Benno Korn sich keinen Zwang an und tapste hernach in feister Nacktheit über den Flur ins Bad.

Kurz darauf durchzogen betörende Düfte nach gebratenem Schinken, Eiern und Kaffee das Haus.

»Was hast du jetzt vor?«, fragte Nora, als er sich nach einem Kuss auf die Wange zu ihr an den Tisch im Speiseraum setzte. »Es kann Tage, auch Wochen, dauern, bis Diepenbeck zurückkommt.«

»Wohl oder übel werde ich gleich hinübergehen, die Ausstellung ansehen und dabei versuchen, die Angestellten auszufragen. Ob es allerdings was bringt, ist fraglich.« Seit gestern Nachmittag hatten sie sich nicht mehr mit dem Thema beschäftigt. Und ehrlich gesagt fehlte Benno noch immer die rechte Lust dazu. Er zerteilte das Rührei mit der Gabel und führte es mit geschlossenen Augen zum Mund. »Weib, was du aus dem machst, was sich ein Huhn aus dem Rücken drückt ...« Er unterbrach sich und legte den Kopf schräg.

Von draußen drang ein Geräusch herein, das sich näherte. Ein Dieselmotor.

Benno stand auf, durchquerte die Halle und blieb am Fenster stehen.

Vor der Porzellanvilla stand ein Taxi. Der Fahrer wartete, dass jemand auf sein Klingeln öffnete. Als dies geschah, sah Benno eine alte, vertrocknete Erscheinung, die er, anhand von Faßmanns Fotomaterial, als Viktor Hahn, den Sekretär des Freiherrn, identifizierte.

»Meinen Hut, meinen Mantel«, sagte er, als er Noras Schritte hinter sich hörte.

»Wieso? Was ist denn?«

Ohne den Blick von der Nachbartür zu nehmen, schlüpfte er in seine dicke Jacke, die sie ihm hinhielt. »Ich denke, jetzt kommt Bewegung in die Sache.« Er zog seine Autoschlüssel aus der Jackentasche.

»Kann ich mitkommen?«

Benno sah über die Schulter. Nora wibbelte vor Neugier. Was konnte es schaden? »Klar.«

Inzwischen war der Taxifahrer wieder in den Wagen gestiegen und wartete.

Benno spurtete ins Speisezimmer, löffelte hastig den Rest Rührei vom Teller, spülte alles mit einem Schluck Kaffee herunter und kam zurück. Frau Schimmer stand bereits in der angelehnten Tür und hielt konspirativ das Taxi im Auge.

»Kann losgehen.«

Sie hatten Bennos Mercedes gerade erreicht, als drüben Viktor Hahn das Haus verließ und ins Taxi stieg.

Erwartungsgemäß hustete Bennos Motor müde, gab aber sonst keine weiteren Lebenszeichen von sich.

Knirschend rollte das Taxi über den Kies der Garageneinfahrt, hielt kurz an und bog auf die Straße.

»Nun mach doch«, hetzte Nora.

Ein neuer Versuch. Das Husten ging in ein langgezogenes Krächzen über. Beharrlich drehte Benno den Zündschlüssel um, ohne Erfolg. »Das ist der Regen. Bei so einem Wetter mag er nicht aus dem Quark kommen, da sind wir uns ähnlich.«

Die Rücklichter der Taxe verschwanden hinter der Kurve.

»Wir verlieren ihn.«

»Ach was.«

Endlich gab sich der Anlasser geschlagen. Benno trat heulend das Gas durch, erster Gang rein, los.

Es war lausekalt im Wagen, das Gebläse kämpfte verbissen gegen die Atemschwaden, die sich auf die Frontscheibe legten.

Kurz vor der Heisinger Straße hatten sie bereits wieder Sichtkontakt. Wie Benno erkannte, trug die Taxe ein Essener Kennzeichen. Er ging mit dem Tempo runter und ließ einen Golf dazwischen.

»Raffiniert. So was kenn ich nur aus dem Fernsehen«, sagte Nora. Sie näherten sich der Ampel am Stadtwaldplatz. »Und wenn er jetzt bei Grün drüberkommt und wir nicht? Ich meine, genau das passiert immer in Filmen.«

»Benno Korn fährt auch bei Rot.«

Dazu kam es dann doch nicht. Allerdings sollte sich bald zeigen, dass das Schicksal mehr auf Lager hatte als solche Runninggags.

Doch erstmal schoben sie sich im mäßigen Frühverkehr nach Norden, erreichten die Innenstadt, fuhren bei Rennecke vorbei und dann bog der Wagen vor ihnen scharf rechts ab. Benno folgte ihm, sah noch, wie sich das Taxi knapp an einem seitlich parkenden Laster vorbeidrängte und ging in die Eisen, um den Gegenverkehr auf der schmalen Straße vorbei zu lassen. Das war's dann. Vier Wagen schlichen ihm entgegen, fünf, sechs. Er kurbelte das Fenster herunter, beugte den Kopf hinaus, konnte das Taxi aber nicht mehr sehen. »Beim Teutates!«

»Ist er weg?«, erkundigte sich Nora Schimmer vorsichtig. Ohne eine Antwort nutzte er die nächste Gelegenheit und zwängte sein Auto vor einen entgegenkommenden Kleinwagen, so dass Bremsgekreische die Morgenluft erfüllte. Mit dröhnender Maschine zog er am Laster vorbei, schrammte beinahe einen Gemüse-Kombi, der von rechts kam und Vorfahrt hatte und stand mitten auf der kleinen Kreuzung vor dem WDR. Vom Taxi war weit und breit nichts zu sehen.

»Oh«, kam es von nebenan.

Benno atmete durch. »Kann passieren.« Hinter ihm ging das Getute los. »Ich frage mich, was er hier will. Wie einer, der gern Shopping macht, sieht er mir nicht aus.« Ein

Wagen überholte ihn, stoppte kurz und der Fahrer zeigte ihm den Mittelfinger.

»Und nun?«

»Tja.« Er sah sich um und erfasste die Einfahrt zur Tiefgarage unter dem Kennedyplatz. War eine Möglichkeit. Oder? »Warum nicht. Die Garage war leer.«

Noras Blick traf ihn.

»Diepenbecks Garage war gestern Nachmittag leer.«

»Weil er im Harz ist. Er wird mit dem Auto hingefahren sein.«

»Macht er das immer?«

»Also, weite Touren unternimmt er seit Jahren nicht mehr. Aber ja, er ist immer mit dem Auto weggefahren. Das heißt, Grundknecht fährt ihn dann.«

»Sein Fahrer?«

»Ja.«

Benno wendete und klemmte sich ins Parkverbot an der Kurve.

»Du meinst ...?«

Er hob nur die Schultern. »Sag mal, was für ein Auto ist das, was der olle Diepenbeck fährt?«

»Ein Benz, groß, alt. Was für'n Modell, weiß ich nicht.«

Sie brauchten nicht lange zu warten, bis in der Auffahrt der Kühlergrill von etwas Großem erschien und sich ein alter Mercedes im Schritttempo nach oben schob, ein tadelloses 500-er SEC-Coupé, topmäßig gepflegt und auf Hochglanz gewienert. Am Steuer saß, beziehungsweise hinter dem Steuer klemmte, steif und kurzsichtig, Viktor Hahn.

Benno Korn grinste und ließ den Motor an.

»Verstehst du das?«

»Noch nicht so ganz. Kann aber sein, ich denke in die richtige Richtung. Mein Gott.« Er gluckste vor Lachen. »Wär' das ein Ding.« Er ignorierte ihren fragenden Blick und folgte dem Oldie bis zur Durchgangsstraße, rund um die City und bis in die unmittelbare Nähe zum Bahnhof.

Es folgte eine offensichtliche Parkplatzsuche. Nach ewigem Vor- und Rückwärts gelang es Hahn, das Auto des Freiherrn in eine Parkbucht bei der Hauptpost zu manövrieren, die für einen Tanklaster gereicht hätte. Dann stieg er umständlich aus, richtete den Kragen seines Mantels und ging in Richtung Bahnhof.

Benno nahm eine Bucht weiter vorn.

»Ist ja richtig aufregend.« Seiner Begleiterin zitterten die Haarzipfel an den Wangen. Es sah ausnehmend niedlich aus.

Sekundenlang weilten seine Gedanken bei der vergangenen Nacht. Währenddessen folgten sie Hahn bis zum »Café Overbeck«, das gerade öffnete. Hier hatte Schröder in den Anfangszeiten seine Klienten empfangen. Der Alte setzte sich an einen Tisch nahe beim Eingang, zog etwas aus der Tasche und vertiefte sich darin. So nahm er keine Kenntnis von Benno und Nora, die sich einen der vielen freien Tische weiter hinten nahmen. Im Vorbeigehen sah Benno, dass es ein Fahrplan war, den Hahn studierte.

Die nächste halbe Stunde verging bei Kaffee.

»Worauf wartet er bloß?«

»Auf den nächsten Zug aus Richtung Harz, vermute ich mal.«

»Du denkst, Diepenbeck ist diesmal mit dem Zug gefahren? Ja, aber wieso stand sein Auto dann hier in der Tiefgarage?«

»Tja«, machte Benno nur. Wenn er es sich auch beinahe denken konnte, aussprechen wollte er es noch nicht. Obwohl bisher so manches zusammenpasste, das eine sich ins andere fügte, vorausgesetzt man besaß mehr als ein Quentchen Phantasie.

Sein Grübeln war ihr nicht entgangen. »Du ahnst doch mehr, als du sagst.«

»Im Ahnen war ich schon immer gut.«

Nora Schimmer verzog genervt das Gesicht.

Benno beließ es dabei.

Später, genauer gesagt zwei Kännchen Kaffee, ein Wasser und zwei Cappuccino später, zahlte Viktor Hahn seine zwei O-Säfte.

Draußen hatte es angefangen zu regnen, ein warmer, öliger Regen. Hahn bestieg den wunderbaren Oldtimer, umrundete den Bahnhof und hielt am Südausgang, wo er den einzig freien Parkplatz ergatterte. Sodann stieg er aus und betrat die Bahnhofshalle.

Benno überlegte nicht lange, sondern reihte sein Auto in die Taxispur hinter den letzten wartenden Wagen. Fast gleichzeitig fuhr von hinten ein weiteres Taxi heran, dessen Fahrer auf die Hupe ging. »Dauert nur 'en Moment.« Er stieg aus und ging nach hinten, wo der Fahrer die Seitenscheibe runterkurbelte.

»Ey, hast du keine Augen im Kopf. Verschwinde, du Arschgei... Oh, Benno. Machst du denn hier?«

»Grüß dich, Jupp. Muss nur einen Moment hier parken.«

»Alles klar.«

Wozu fuhr Benno Korn seit zwanzig Jahren Taxi?

Es dauerte keine zehn Minuten, da erschien Viktor Hahn mit einem aufgespannten Regenschirm. Er reckte den Arm hoch, damit die hochgewachsene Gestalt darunter sich nicht zu bücken brauchte. Benno erwischte noch einen Blick auf funkelnde Brillengläser, dann verdeckte der Schirm das Gesicht. Er fühlte, wie sich Noras Hand um sein Gelenk klammerte.

»Das ist er«, entfuhr es ihr, die ganz nah an die Frontscheibe rückte. »Das ist der alte Diepenbeck.«

*

Als Schröder gegen zehn zur Baustelle kam, herrschte Hochbetrieb und pralles Leben. Mit Erde beladene Laster rumpelten durch die Schlaglöcher, in denen noch der Regen vom gestrigen Abend stand. Bagger ratterten und Planierraupen verteilten den neu angefahrenen Mutterboden auf den abgetragenen Flächen.

Die Firma, bei der Maike Jenninger ihr Praktikum machte, hieß »Mehlbaum & Söhne«, eine alteingesessene Firma aus dem Essener Süden. Nachdem er sich ein bisschen durchgefragt hatte, erwischte Wolli den Bauleiter, einen gewissen Hanowski, der etwa in seinem Alter war und eine Kippe nach der anderen rauchte. Wolli sagte, wer er war und was er wollte.

»Maike, ja.« Hanowskis Stimme kriegte was Belegtes. »Fürchterliche Sache. Sie arbeiten doch nicht für die Polizei, oder?«

»Da sei Gott vor. Nee, Maikes Mutter hat uns beauftragt.«

»Aha.« Der Bauleiter nickte. Es schien, als wolle er was sagen, dann kam aber nichts.

»Hat es mal Schwierigkeiten mit Maike gegeben? Ich meine, zwischen ihr und den Leuten?« Er trat an die Seite, um einen Kombi vorbei zu lassen.

»Unsinn. Das Mädchen war bei allen beliebt. Hat ihre Arbeit gemacht, ohne zu murren. Da gab's keine Schwierigkeiten.«

Trotzdem spulte Schröder seine Fragen ab. Hatte es mal eindeutige Bemerkungen gegeben, war es vielleicht sogar zu Belästigungen der jungen Frau gekommen, gab es einen verprellten Verehrer unter den Arbeitern, Hass, Streit, Neid?

Nichts von alledem. Hanowski machte, was ein guter Vorgesetzter macht, er stellte sich vor seine Leute. Alles anständige Jungs, von denen käme niemand auf so einen

Scheiß. Und im übrigen hätte er das alles auch schon der Polizei erzählt. Auch das mit den Einbrüchen. »Aber die haben ja nicht mal zugehört.«

»Einbrüche?« Er folgte Hanowski, der einfach losgegangen war, zu einem Container, der offenbar als Baubüro diente.

»Ja klar. Den ganzen Winter geht das schon so. Obwohl wir einen Wachdienst beauftragt haben.«

An einem Mann mit Schutzhelm vorbei, drängte Wolli sich hinter Hanowski in den Container. »Erzählen Sie doch mal.«

»Da ist nichts groß zu erzählen.« Hanowski nahm von einem Mann in Overall ein Klemmbrett entgegen und unterschrieb, ohne drauf zu sehen. »Irgendwelche Typen brechen nachts die Bauwagen auf und klauen uns das Werkzeug. Okay, ist alles versichert. Aber wir stehen dann am anderen Tag da und kommen nicht weiter.«

»Ist in der Nacht, als das mit Maike passierte, auch geklaut worden?«

Hanowski überlegte kurz. »Nee.« Dann sah er Schröder an. »Wo wir gerade davon sprechen. Ich hab das auch den Polizisten gesagt. Wäre es nicht möglich, dass Maike einen Dieb erwischt und von seiner Tat abgehalten hat?«

Schröder hob die Achseln. »Würde ein Dieb nicht einfach abhauen, statt die Hose runter zu lassen?«

»Auch wieder wahr.« Er winkte, an Schröder vorbei, einem Mann zu, der gerade hoch in seinen Laster klettern wollte. »Eh, Franz, wart mal.« Und zu Schröder: »Entschuldigen Sie, heute ist wieder der Teufel los.«

Wolli machte eine lasche Geste.»

»Falls Sie noch Fragen haben, Sie wissen, wo Sie mich erreichen können.« Hanowski verschwand nach draußen, wo der Fahrer wartete.

Schröder schlug den Kragen hoch und wollte gerade zu seinem Auto, als er den Kerl sah. Er war vielleicht Mitte zwanzig, ein verklemmter Lump mit leuchtend roten Ohren. Er starrte herüber und als er bemerkte, dass er bemerkt worden war, machte er den Schnellen und verschwand hinter einer Reihe Bauwagen.

Schröder hinterher. Der Vorsprung war allerdings so groß, dass er ihn nicht mehr entdecken konnte, als er die Rückseite der Wagen erreichte.

Auf dem Weg zum Auto hielt er einen Bauarbeiter an. »Entschuldigung, ich such jemanden.« Er beschrieb ihm den Typen.

»Der Kalli? Da fragen Sie mal im Baubüro.« Er zeigte auf den Container, in dem Schröder noch vor ein paar Augenblicken mit Hanowski gestanden hatte.

»Arbeitet der da?«

»Jaja.«

»Und was arbeitet der da?«

»Macht Botengänge und so. Handlanger von den Polieren. Warum wollen Sie das denn wissen?«

»Ich bin krankhaft neugierig«, sagte Schröder und stieg ins Auto.

Auf dem Rückweg schaute er bei den Huren vorbei. Aber ihre Wohnwagen standen verlassen. War noch zu früh. Er war gerade auf der Durchgangsstraße, als sein Handy piepte.

Es war Chris. »Pelldorf hat gerade gefaxt. Wie es aussieht, ist Sven Koschnek vorbestraft. Und rat mal, weswegen?«

»Bist du 'en Schwedenrätsel?«

»Wegen Körperverletzung und Notzucht.« Ihr triumphierendes Strahlen war beinahe durchs Telefon zu spüren. »Ist allerdings fünf Jahre her.«

»Naja«, sagte Schröder. »Vielleicht war ihm die Pause zu lang.«

*

Der Oldtimer fuhr so dicht an den Seiteneingang, dass gerade mal die Türen aufgingen. Sekunden später war die hochgewachsene Gestalt des Freiherrn von Diepenbeck mitsamt seinem Sekretär im Haus verschwunden.

»Kapier ich nicht«, sagte Nora und trat vor Benno in die warme Küche der Pension. »Da fährt der Baron mit dem Zug, während sein Auto hier in Essen in einer Tiefgarage steht.«

»Es sind alte Leute. Vielleicht vermeiden sie es nur, diese langen Strecken mit dem Auto zurückzulegen.« Seines Erachtens nach war dies nur ein Teilgrund, aber er wollte gern ein Gegenargument.

»Warum nimmt er dann nicht gleich ein Taxi zum Bahnhof?«

Das war ein Gegenargument. Und er hatte gleich noch eins. »Wo ihn das weitaus billiger käme als die Parkgebühr für zwei Wochen. Dritte Frage: Warum wird er von seinem Sekretär abgeholt und nicht von seinem Fahrer?«

»Daran hab ich noch gar nicht gedacht.«

»Wie auch immer. Wird langsam Zeit, sich da drüben umzusehen.« In der Tür hielt er inne. »Hab ich eigentlich Halbpension?«

»Voll«, sagte Nora. »Besondere Wünsche?«

»Nur keine Mühe. Butterbrot reicht vollkommen.«

»Dann werde ich mal einkaufen gehen.«

Draußen – wo sonst? – regnete es für ein paar Minuten gerade mal nicht. Er schritt wacker zwischen den Sandsteinlöwen hindurch zum Eingang und wollte schon klingeln, als er merkte, dass die Tür unverschlossen war.

Drinnen roch es nach altem Holz und Bohnerwachs. Durch ein Vorzimmer mit dunkler Wandverkleidung, von dem zwei Türen abgingen, kam man in den eigentlichen Ausstellungsraum. Drei Fenster zur Straßenseite füllten ihn mit Licht, gegenüber an der Stirnwand lehnte eine Tür an. Wohin sie führte, konnte man wegen der dahinter liegenden Dunkelheit nicht erkennen.

Das »Weiße Gold« – den Ausdruck hatte er von Faßmann entliehen – war in Wandregalen und mehreren über den Raum verteilten Glasvitrinen ausgestellt.

Die Hände auf dem Rücken verschränkt, ging Benno langsam an den vermeintlichen Kostbarkeiten vorbei. Teller, Tassen, Kannen, Vasen und Figürchen, mit und ohne Goldrand, weiß oder bunt bemalt. Eine Schäferin mitsamt Hirtenstab schmachtete ihn rotbackig an. Dahinter standen eine Gruppe von Mandolinenspielern und ein seitlich liegender Köter. »Tja ...«

Wie gut, dass Schröder nicht dabei war. Der wäre längst mit dem Trench irgendwo hängengeblieben und hätte im Vorbeigehen zwanzigtausend Mark in einem Stück runtergezogen.

Nach einer Minute hatte er raus, wie die Alarmanlage funktioniert. Haarfeine Drähte liefen unter jedem Stück hindurch. Angenommen, er hob den Porzellanköter vom Brett, dann würde es irgendwo im Haus loströten. Daher die unverschlossene Pforte.

Gemächlich durchquerte Benno den Raum und stieß die angelehnte Tür mit dem Fingernagel auf. Dahinter befand sich ein Treppenhaus. Aus einem Raum in der Nähe drang Klappern, wenig später das Geräusch eines Wasserhahns. Die Küche.

Er legte sich gerade einige Worte zurecht, die notfalls sein Eindringen in den Privatbereich rechtfertigen mochten, als draußen sehr laut etwas sehr Rotes sehr schnell am Fenster vorbeihuschte und so abrupt zum Stehen kam, dass der Kies gegen die Hauswand prasselte.

Ein Arsch im Anzug, wie aus einer Vorabendserie für Teenies entsprungen, stieg aus dem Sportwagen und ging scheinbar achtlos zum Seiteneingang. Dabei ein Druck auf die Funktaste am Schlüssel, worauf am Wagen mit kurzem Jaulen die Scheinwerfer aufflammten, beide Fenster raufgingen und mit sattem Schnacken die Zentralverriegelung einrastete. Vermutlich wurde gleichzeitig der Aschenbecher geleert und das Handschuhfach aufgeräumt. Das konnte man von hier nicht sehen. Irgendwo gingongte es verhalten.

Benno wandte der Tür den Rücken zu, ohne sie jedoch zu schließen, und betrachtete eine antike Suppenschale.

Oben im Treppenhaus wurde aufgeregt getuschelt, ohne, dass Benno etwas verstehen konnte. Dann kam jemand die Treppe herunter, wobei er sich alle Zeit der Welt ließ. Schritt für Schritt. Schritt für Schritt. Der Gong wiederholte sich und ertönte auch noch ein drittes Mal.

Im Glas der Vitrine sah Benno für einen Augenblick das Spiegelbild des alten Sekretärs, steif und würdig und die offensichtliche Dringlichkeit des Besuchs ignorierend. Beim fünften Gong hatte er die Haustür erreicht.

»Na, endlich. Ich dachte schon, es wäre keiner da.«

»Guten Tag, Herr von Diepenbeck.«

»Ist mein Onkel zu Hause?«

»Bedauere, nein.«

»Was soll das heißen? Ich denke, er ist längst zurück.«

»Ihr Herr Onkel lässt ausrichten, er verlängert seine Kur um zwei Wochen.«

»Wie? Warum das denn?«

»Bedauere, es steht mir nicht an, nach den Gründen des Freiherrn zu fragen.«

Einen Moment blieb es still. Benno hörte den Arsch erst leise fluchen und dann laut brüllen: »Sobald er zurück ist, rufen Sie mich an. Ist das klar, Hahn?«

»Anrufen, sobald zurück. Ja, ich denke, das ist klar.«

Der Arsch schien die feine Ironie in der Stimme des Alten nicht zu bemerken. Nur die Haustür rumste ins Schloss und vor dem Fenster ging das Gejaule und Geschnacke wieder los. Dann heulte der Motor auf und Kies flog durch die Gegend.

»Oh, guten Tag. Ich wusste nicht, dass wir Besuch haben.«

»Guten Tag.« Ohne sich sofort umzudrehen, verharrte Benno vor der Suppenschale.

»Ein wunderschönes Stück, nicht wahr?«

»Faszinierend. Ist das wirklich Kelsterbach? Ich meine, die Linienführung, die Färbung des Scherbens … das ist für Kelsterbach mehr als untypisch. Es sei denn, es handelt sich um eine Auftragsproduktion.«

»Äh … ja. Mit Auskünften dieser Art, fürchte ich, kann ich nicht dienen.«

»Ich muss sie haben.« Benno verlagerte seine hundertzwanzig Kilo in der Achse. »Wissen Sie, was sie kosten soll?«

Das Männchen vor ihm hatte die Arme auf dem Rücken verschränkt, lächelte freundlich und schaute von ihm weg zu der Schale und wieder zurück. Wie alles hier, schien auch er sehr alt zu sein und genauso zerbrechlich wie der Nippes ringsumher. »Ich fürchte, die Stücke in diesem Raum sind unverkäuflich.«

»Unsinn«, fauchte Benno. »Fragen Sie den Baron, nein, besser noch, melden Sie mich an.«

Hahn zwinkerte mit den Augen. »Es tut mir leid, aber Baron von Diepenbeck empfängt keinen Besuch.«

»Das weiß ich, guter Mann. Von nichts anderem wird in der Branche gesprochen. Und ich bin der Letzte, der seinen Entschluss nicht respektieren würde. Aber ich muss diese Terrine haben.« Er schob den verdatterten Alten zur Tür. »Gehen Sie, sagen Sie ihm, Benjamin Korn ist gekommen und zahlt jeden Preis für dieses herrliche Kleinod. Eine Minute seiner Zeit, eine Minute nur.«

Unwillig machte Hahn sich los. »Das ist völlig unmöglich. Der Freiherr ist krank und liegt zu Bett.«

Aha. Aha. Aha.

»Nun denn.« Er wandte sich zum Gehen. »Für den Fall,

dass es ihm bald besser geht: Ich wohne gleich nebenan. Wenn Sie erlauben, spreche ich morgen noch einmal vor.«

»Sie werden sich umsonst bemühen.«

Mit einem angedeuteten Gruß durchschritt Benno die Ausstellung.

In der Pension fand er Nora dicht hinter dem Fenster.

»Hast du den Stenz mit dem Sportwagen gesehen?«

Sie nickte. »Sein Neffe Hartmut.«

»Sein oder ein Neffe?«

»Er hat nur den einen. Hartmut ist außer dem Alten der einzige Diepenbeck, den es noch gibt.«

»Dann erbt er das alles wohl?«

»Nehme ich an.«

»Aha.«

*

Schon auf der Rückfahrt hatte er so ein komisches Gefühl im Bauch. Zuerst dachte er, es läge am Bier von gestern Abend. Aber das schwamm doch längst in der Emscher. Und die paar Pils beim Fernsehen... Überhaupt hatte Schröder das in der letzten Zeit öfter, solche Vorahnungen. Manchmal konnte er auf die Minute genau voraussagen, wann er zum Klo musste. Und auch andere Sachen. Er nahm es als ein Zeichen, dass er langsam sensibler wurde. Weiß Gott, eines Tages würde er noch Haikus schreiben.

Vor dem Fischgeschäft parkte ein roter Kleinwagen mit einer blauen Fahrertür und zwei unlackierten Kotflügeln. Eine der Seitenscheiben bestand aus flattriger Folie, die mit Paketband an Dach und Tür festgeklebt war. Davon hatte die Vorahnung nichts gesagt.

Er blockierte den Gegenverkehr und rauschte durch die Einfahrt auf den Hof, wo Bruno ihm seit neuestem einen Stellplatz vermietet hatte. Auch, was den schwarzen SAAB anging, der da frech auf seinem Platz stand, hatte sich die Vorahnung in Schweigen gehüllt. Schröder überlegte, ob er ihm alle vier Reifen durchstechen sollte, stellte dann aber der Bequemlichkeit halber nur sein Auto quer davor.

Im Treppenhaus roch es nach Bratkartoffeln.

Vor der Wohnungstür gesellte sich der Geruch nach Eiern dazu. Eigentlich ein bisschen früh fürs Mittagessen.

Gerd-Uwe saß, beide Hände um einen Kaffeebecher gekrallt, auf Bennos Stuhl und griente vor sich hin, als hätte man ihm gerade das Gehirn entfernt. »Tach, Schröder.«

Aus der Dunkelkammer winkte Chris mit dem Pfannenmesser.

»Iss so. Hab seit Tagen nix gegessen, weil, kann nicht in meine Bude.«

»Wie das?«, fragte Wolli, drängte sich an Frau Ullmann vorbei, dass es schon an sexuelle Belästigung grenzte und kramte ein Bier aus dem Kühlschrank.

»Vermieter hat anderes Schloss eingebaut. Bin ich aber nicht Schuld dran, weil dem sein …«

»Okay, alles okay.« Mit einer Geste wie Jesus vor Publikum stoppte Schröder seinen ansetzenden Redefluss. »Schlag dir die Wampe voll, pass auf, dass nix auf den Teppichboden fällt und Tschö.«

Nebenan wurde geräuspert. Übersetzt hieß das soviel wie: Willst du mich endlich zur Kenntnis nehmen?

Er lehnte sich mit der Bierdose in die Türfüllung und sah sie an.

Verena, die fleischgewordene Obsession, nicht zu altern, machte heute offensichtlich auf Greta Garbo, was sie aussehen ließ wie ein Girlie mit Alzheimer. Bleich geschminkt wie der Tod, den er ihr oft genug an den Hals wünschte, und unterm offenen bodenlangen Mantel ein winziger Mini. Als sie jetzt die Beine übereinander schlug, rutschte ihr Rocksaum bis zur Hüftkugel. Ein Anblick, der ihn kalt ließ wie 'ne Tasse Eiter. »Grüß dich, mein Lieber.«

»Hatte ich dir nicht Hausverbot erteilt?«

Unter dem zweiten Stuhl neben ihr schnarchte sich Lord Pips röchelnd durch einen Tölentraum, in dem es mit Sicherheit um Autositze ging, und um deren Verträglichkeit gegenüber Halbverdautem.

»Nein.«

»Ich wollte nur mal vorbeischauen.«

»Nein«, wiederholte Schröder. »Du willst mir den Hund andrehen. Ich soll auf ihn aufpassen, mit ihm Gassi gehen und ihm drei warme Mahlzeiten servieren, damit diese ondulierte Ratte zum Dank mein Auto als Kotztüte benutzt.«

Nebenan wurde ein Teller gefüllt. »Lecker«, hörte er Gerd-Uwe sagen.

»Aber ...«

»Nein. Und weißt du warum? Weil ich nicht mehr erpressbar bin. Anna, die Frucht meiner Lenden, ist aus dem Haus und für dich legt sich jetzt dieser Kerl krumm. Gerichtstechnisch, mit Anwalt und Lohnpfändung und so kannst du mir nicht mehr kommen. Und darum: Nein.« Er setzte drastisch das Gewicht der Bierdose herunter und fläzte sich hinter seinen Schreibtisch. »Auf diesen Augenblick hab ich jahrelang hingearbeitet.«

»Dieser Kerl, wie du ihn nennst, hat einen Namen. Arwed.«

»Richtig. Ach, stimmt das, er wollte von der Ruhrtalbrücke springen? Das dritte Mal schon seit eurer Hochzeit? Gut, ich mag ihn nicht, aber in dem Punkt versteh ich ihn.«

»Sehr witzig. Darf ich trotzdem erklären, warum ich hier bin?«

»Du wolltest vorbeischauen. Hast du getan, hat mich gefreut, aber man soll gehen, wenn es am schönsten ist.«

In der Tür erschien Frau Ullmann. »Kann ich was anbieten? Paar Fahrradketten vielleicht oder 'en Satz Brotmesser?«

»Wie kommt es nur ...«, Verena steckte sich eine Zigarette an und blies ihm provozierend den Rauch ins Gesicht, »dass ich mich an deine Mätresse nur so schwer gewöhne? Liegt es an der intellektuellen Distanz?«

»Für mich bitte die Fahrradkette«, sagte Schröder in Christianes Richtung.

Aus dem vorderen Büro drang das kreischende Schaben einer Gabel auf leerem Teller. »Noch was da?«

Chris verschwand um die Ecke.

»Also, die Sache ist die. Dieser Kerl, hahaha, und ich haben eine Einladung von Freunden bekommen, die ein Ferienhaus auf den Malediven besitzen.«

»Hab ich auch schon mal dran gedacht.«

»Würden wir Lord Pips mitnehmen, käme er für vier Wochen in Quarantäne.«

»Wo er seit seiner Geburt eh hingehört.« Die Bierdose wurde noch leichter. »Warum schafft ihr euch keine Freunde im Sauerland an?«

»Nun will es der Zufall, dass sich der Redakteur einer namhaften Reisezeitschrift an mich gewandt hat, ob ich nicht Lust hätte, eine exotische Fotoserie zu produzieren.«

Seit zwei Jahren genügte es ihr nicht mehr, sich ihrer Umwelt mit pseudo-journalistischem Gelaber aufzudrängen. Nein, jetzt lichtete sie den Schwachsinn auch noch ab und vergriff sich an den ohnehin schon mageren Silbernitrat-Vorräten dieses Planeten.

»Eine Herausforderung, der ich mich unbedingt stellen möchte.«

»Ich würde es bezahlten Urlaub nennen.«

»Die Mystik einer Inselwelt, ihre Geheimnisse. Diese Magie, die so unabdingbar für meine Arbeit ist.«

»Magie?«

»Magie.«

»Kauf dir 'en Zauberkasten.«

Mit einem ätzenden Blick stampfte sie die Zigarette in seinen Aschenbecher. »Es bleibt beim Nein?«

»Ja.« Er trank aus, warf die Dose in den Papierkorb und stand auf. Nicht ohne mit der Schuhspitze den Hund anzustoßen, dass der mit schrillem Fiepen aus dem Schlaf hochschoss und gegen die Trittleiste vom Stuhl knallte. »Na? Ausgeschlafen?«

»Schröder, du bist und bleibst ein Ekel.«

»Hört man gern.«

Vorne fraß Gerd-Uwe, eine andere Umschreibung für diese Art von Nahrungsaufnahme gab es leider nicht, seinen dritten Teller leer und sah auf. »Kann den Hund ja nehmen.«

»Wie meinen?« Verena verzog angeekelt das Gesicht bei seinem Anblick.

»Nehm den Fiffi. Hundert Mark.«

»Ich soll dir … Ihnen meinen Hund anvertrauen?«

»Macht das unter euch ab«, sagte Schröder, und zu Chris: »Bin noch mal kurz weg.«

Im Rausgehen nahm er den Zweitschlüssel für den BMW vom Haken.

Unten im Hof klopfte er bei Bruno, der noch nicht geöffnet hatte, ihn aber trotzdem reinließ. »Und lass dir nicht einfallen, aufzumachen, wenn gleich jemand schellt.«

So schnell würde Verena ihr Auto nicht vom Hof kriegen.

*

Jeden Tag, immer nachmittags gegen fünf, hatte Nora gesagt. Also legte Benno sich mit Schröders Minox auf die Lauer. Mag sein, er hätte sich besser auf die Lauer stellen sollen. Denn als er wieder wach wurde – es war aber auch zu kuschelig in dem dicken Sessel – tastete sich bereits die Dämmerung ins Zimmer. Mit einem Satz war er hoch und auf Posten.

Und da war er.

Groß und hager, den Stock an die Hüfte gepresst, wanderte er langsam durch den regendunstigen Garten. Staksig und steif wie ein Kranich auf Futtersuche, eine einsame Gestalt im nachlassenden Nachmittagslicht. Wie am Vormittag hüllte ihn ein langer schwarzer Mantel ein und ein breitkrempiger Filzhut hielt sein Gesicht im Schatten. Den Kopf gesenkt, als folge er einer undeutlichen Spur, schritt er über die Plattenwege und blieb vor dem Pavillon stehen. Eine ganze Weile blieb er so stehen, stieg aber nicht die Stufen hinauf, setzte sich nicht.

Bei seinem Anblick spürte Benno eine kalte Flüssigkeit in seinen Adern. Naja.

Aber ein bisschen unheimlich wirkte der Alte schon. Ohne ihn aus den Augen zu lassen, tastete Benno nach der Kamera und nagelte ihn auf den Fotostreifen.

In seinem Rücken spürte er einen Luftzug.

Nora trat neben ihn und einen Moment sahen sie dem Mann da draußen schweigend zu. »Was meinst du?«

Er sah fragend zur Seite.

»Du hast doch bestimmt eine Theorie, warum er sich so plötzlich von der Außenwelt abkapselt, oder?«

»Ja.«

»Und?«

»Das sag ich lieber nicht.«

*

Mit für ihre Beobachter herzerfrischender Verzweiflung versuchte Verena, ihr zugeparktes Auto zu befreien. Zuerst hatte sie es in den »Hubertus-Stuben« versucht, aber die waren noch geschlossen. Dann rief sie die Polizei an, nur, um zu erfahren, dass die auf Privatgrundstücken keine Handhabe zum Eingreifen sähen. Danach kam der ADAC dran. Am anderen Ende hörte Chris, obwohl sie nicht direkt neben Verena stand, ein schrilles Lachen ehe aufgelegt wurde. Als Letztes kam Schröders Exfrau auf die Idee, nach dem Zweitschlüssel zu fragen. Doch der war auf wundersame Weise verschwunden. Gerd-Uwe erbot sich, sie nach Hause zu fahren, was sie mit einem Blick quittierte, als hätte er ihr in die Bluse gegriffen.

Also wurde ein Taxi gerufen.

Christiane konnte und konnte das Grinsen einfach nicht aus dem Gesicht kriegen.

Endlich waren beide weg.

Chris rief bei Bruno an, dass die Luft rein sei. Fünf Minuten später tauchte Schröder auf.

Sie warfen ein paar Leichenteile in die Mikrowelle, machten Salat dazu, und brachten beim Essen den jeweils anderen auf den neuesten Erkenntnisstand.

Schröder las kauend die Kopie vom Polizeibericht durch. »Wow, 0-Rn.« Und auf ihren Blick, den fragenden: »Die Blutgruppen der Spermaspuren. Die eine ist A Rhesuspositiv, hat Hinz und Kunz. Aber die zweite ist 0 Rhesusnegativ. Ich will es nicht beschwören, aber das ist so ziemlich die seltenste Blutgruppe, die es gibt.«

»Klasse«, meinte Chris. »Dann bitten wir Sven Koschnek doch einfach zur Blutprobe her.«

»Genau.«

Sie guckte irritiert.

Schröder spitzte ein Kussmündchen.

»Meinst du nicht ernst?«

»Nicht ganz. Wir fahren zu ihm.«

Nachdem sie das Geschirr zwecks Warten auf die nächste Waschung unter die Spüle gedrückt hatten, zog er eine Markiernadel aus der Küchenpinwand und kramte nach einem Gefrierbeutel. Dann fuhren sie mit dem Auto gen Norden.

Die Meute stand, wie von Schröder prophezeit, vor der

Kirche und pöbelte Rentner an. Als er ausstieg, trat Koschnek unwillkürlich ein paar Meter zurück. Die anderen rückten dafür umso näher auf. Chris überlegte, ob sie erst die Knöpfe an den Türen runterdrücken und dann 110 anrufen sollte oder umgekehrt. Doch siehe da, Wolfgang Schröder machte auf moderat, legte den Arm um Koschnek und nahm ihn ein Stück beiseite. Von hier, ohne Ton, wirkte er wie Herr Kaiser beim Versuch, seinem Opfer die Notwendigkeit einer Sturmflut-Versicherung in Essen-Stoppenberg näher zu bringen. Kurz und gut, mochte Überzeugung im Spiel gewesen sein, Überredung oder schlichte Drohung: Koschnek piekste sich in den Handballen und drückte ein Tempo drauf.

»Der Fisch ist gekocht.« Wolli gab ihr den Gefrierbeutel.

Mit spitzen Fingern deponierte sie das Teil im Handschuhfach. »Und nun, mein Herz?«

»Bringen wir das zu Rennecke, der hat da ein endgeiles Labor an der Hand, macht die meisten Analysen innerhalb von vierundzwanzig Stunden. Also werde ich mich heute Nacht mal ein bisschen auf die Lauer legen. Das mit den Diebstählen auf ›Egon-Emscher‹ kann Zufall sein und nix bringen. Aber es ist die einzige Spur, die wir im Augenblick haben.«

»Und ich?«

»Du nimmst dir Freund Kalli zur Brust.«

Sie waren noch nicht wieder in der City, als ihr Handy piepte. Es war Gerd-Uwe, der ihr freudig mitteilte, Verena hätte ihm den Hund nun doch überlassen.

Schröder schüttelte den Kopf. »Denk dran, dass wir ihm bei Gelegenheit 'en Fläschchen Fleckenteufel vorbeibringen.«

*

Kalli zu erkennen war angesichts seiner knalligen Lauscher keine große Leistung. Als er so mit den anderen Kollegen von der Baustelle trottete, mit diesen leuchtenden Dingern beiderseits, tat er Chris einen Moment lang Leid. Doch dann stellte sie sich vor, wie er auf Maike einschlug. Da ging es wieder. Immer ausgewogen bleiben. Grundsätzlich war er ein Mann, dem man abends und allein als Frau nicht begegnet, ohne sich zu fragen, ob man nicht doch besser zu Hause geblieben wäre. Instinktiv assoziierte man mit ihm feuchtkalte Finger, die sich einem um den Hals legen. Auch Schlimmeres. Falls er eine Frau hatte und sie noch lebte, war sie höchstwahrscheinlich blind und litt unter einer ansteckenden Krankheit, die ihn auf Abstand hielt. Vielleicht, dachte Chris, ist er in Wirklichkeit aber auch ein richtig netter Kerl, verwarf den Gedanken jedoch wieder.

Kalli, in Ermangelung seines richtigen Namens blieb sie bei dieser zweifelhaften Koseform, Kalli nahm den Bus Richtung Bottrop, stieg aber ein paar Haltestellen weiter schon wieder aus. Und anstatt das erstbeste Mietshaus zu betreten, ging er weiter und ging und ging. Toll, genau das war die Situation, von der sie bei Fieber träumte. Einen Fußgänger mit dem Auto verfolgen. Da konnte man gleich fragen, ob er ein Stück mitfahren wollte. Also parkte sie ihren Kleinwagen vor einer Reinigung, warf ihre Jacke über und blieb von der anderen Straßenseite aus am Ball.

Nach ungefähr zweitausend Kilometern Fußmarsch drückte Kalli sich durch den Perlenvorhang eines Sexshops. Prompt setzte Nieselregen ein. Natürlich hatte Chris keinen Schirm dabei. Und sie sah auch nirgends was zum Unterstellen. Es gab Momente, wenige nur, aber es gab sie, da wünschte Chris sich, ein Kerl zu sein. Dieser Moment gehörte zweifellos dazu. In Holland, Dänemark und sonstwo scherte sich kein Schwein drum, wenn eine einzelne Frau in so einen Laden ging. Hier aber, und besonders in so einem Viertel, galt das immer noch als Aufforderung zur Paarung.

Viertelstunde später kam er raus, klemmte sich einen dieser obligatorischen schwarzen Plastikbeutel unter die Jacke und stiefelte los.

An einem Imbisswagen mit Vordach machte er halt, um eine Wurst zu essen.

Chris, inzwischen durchgeweicht wie ein Schwamm, interessierte sich derweil für die Auslage einer Metzgerei schräg gegenüber.

Kalli kehrte ihr den Rücken zu, aß seine Phosphatstange und trank eine Flasche Bier. Schließlich schnäuzte er in die Serviette und warf sie mit der Pappschale in einen Papierkorb.

Chris setzte sich in Bewegung und erreichte den Papierkorb, als Kalli um die nächste Ecke bog. Unter Ausschaltung aller menschlichen Ekelgefühle nahm sie ein Tempo aus der Tasche, fischte damit die Serviette heraus, knüllte sie in das Taschentuch und steckte beides in die Jacke. Die konnte eh eine Wäsche vertragen. Ob der Imbissbesitzer schief guckte oder sogar was sagte, bekam sie nicht mehr mit, weil sie sofort losspurtete.

Sie erwischte Kalli gerade noch, bevor der die Stufen hoch zu einem Hauseingang nahm und in einem Briefkasten rumorte. Dann knallte die Tür hinter ihm zu.

Auf dem Briefkasten stand K. Stuckmann.

Sie ging zurück zum Wagen, schüttelte sich das Regenwasser aus den Stacheln und fuhr zum zweiten Mal an diesem Tag zu Rennecke.

*

Gibt es etwas Schöneres als eine Nacht auf einer windigen Baustelle, die Schuhsohlen im Schlamm und die Schultern gefühllos vom Regen? Seine Mutter hatte ihm damals vor Urzeiten eine Banklehre ans Herz gelegt. Mit etwas Glück wäre er jetzt Filialleiter und läge als solcher zu dieser Zeit längst im Bett. Mütterlicher Rat ist schnell abgeschlagen. Die Folgen können ewig währen.

Der Wind peitschte rum wie in einem B-Movie und sein Trench war so steif, dass er ihn bequem hätte in eine Ecke stellen können. Drüben klebte in beiden Wohnwagen Rotlicht in den Fenstern, was ihm unter diesen Umständen vorkam wie ein heimeliges Bergdorf, das ihm einsamen Wanderer Zuflucht, Schutz und Wärme versprach. Schröder überlegte schon, ob er auf einen Kaffee rübergehen sollte – Kaffee hatten die Mädchen doch bestimmt dabei – als ein Wagen hielt. Chantal stöckelte mit einem Regenschirm ins Sichtfeld und beugte sich zum Seitenfenster. Anscheinend konnte oder wollte sie nicht, was er angeblich konnte oder wollte, denn nach kurzer Verhandlung winkte sie eine Kollegin ran. Einen Moment lang sah Wolli Titten wie Handbälle, dann stieg der Kerl aus und verschwand mit der Kollegin im vorderen Caravan. Wetten? Der kriegte jetzt erstmal Kaffee angeboten.

Schröder zog das Nachtglas aus der Achsel und machte in der anderen Richtung einen auf Adlerauge. Nix. Nur Dunkelheit und das monotone Rauschen des Regens. Hinten auf der Durchgangsstraße hupte jemand, im Westen stach der Laserfinger einer Diskothek in den Nachthimmel. Das war's. Keine dunklen Gestalten, die gerade einen Bagger in seine Einzelteile zerlegten und auf einen Kleinlaster hievten.

In seinem Rücken klappte eine Tür. Als er sich umdrehte,

fuhr der Wagen an. Oh, Mann, das war Rekord. So schnell hatte Schröder es nicht mal in seinen besten Zeiten geschafft. Und dafür zahlte der Kerl auch noch.

Er versuchte, sich eine Zigarette anzustecken. Doch nicht einmal das war ihm bei dem Wetter vergönnt. Ob man in seinem Alter noch bei 'ner Bank unterkommen konnte?

*

In einem Erker an der Rückseite, wo sich laut Nora das Arbeitszimmer befand, brannte das Licht einer einzelnen Lampe, obwohl es auf Mitternacht zuging. Nora hatte ihm erzählt, dass der Baron nie vor eins schlafen ging.

So langsam, überlegte Benno missmutig, wurde es Zeit, Schluss zu machen. Er hatte die Sache schon viel zu lange hinausgezögert und auch nur, weil er es genoss, in Frau Schimmers Nähe zu sein, sich von ihr bekochen zu lassen und mit ihr zu reden bis in die Puppen. Von anderen Lustbarkeiten zu schweigen.

Nein, nicht nur deshalb. Wenn es stimmte, was er sich so dachte, dann stand ihm ein schwerer Gang bevor. Am Nachmittag war er bei Joschi Bender gewesen und hatte ihm die Sache dargelegt, für den Fall, dass er Recht hatte. Die Aussichten waren schlicht und einfach beschissen.

Und wieder boxte sich der Gedanke nach vorn, den er den ganzen Tag schon im Hinterkopf rumoren hörte. Musste er diesen Gang wirklich gehen? Wer war er denn, dass er sich in das Leben anderer Menschen einmischte? Vatter Gott? Schön, da war Faßmann mit seiner Brieftasche, der ein Ergebnis haben wollte. Und wenn es kein Ergebnis gab? Anders gesagt: Wenn Benno ihm das Ergebnis vorenthielt? Bei Faßmann ging es ums Geschäft, um Angst, einen Deal zu verlieren. Der und seine Blütenvasen. Da drüben ging es … Naja, erst mal den morgigen Tag abwarten. Es gab da noch zwei Sachen, die er erledigen wollte, um sicher zu sein. Danach konnte man immer noch entscheiden.

Übertrieben ächzend erhob Benno Korn sich aus dem Sessel, zog die Vorhänge zu und tapste im Dunkeln auf den Flur. Mal sehen, was seine Wirtin mit dem Rest der Nacht vorhatte und ob er an ihren Plänen partizipieren konnte.

*

Er war so nass, dass es bei jedem Schritt quapschte. Bevor er losfuhr, legte er eine Decke auf den Fahrersitz, um ihn nicht durchzusiffen.

Auf der Rückfahrt schlief er zweimal fast ein und im Treppenhaus zog er sich mehr am Geländer hoch, als dass er aus eigener Kraft ging.

Er hatte die Tür noch nicht offen, als ein kläffendes Knäuel an ihm hochsprang. Erschreckt machte er eine falsche Beinbewegung, etwas jaulte langgezogen, schlitterte wild kratzend und sich im Kreis drehend über die Bodenfliesen und wummerte dumpf gegen die Fußleiste.

»Was macht der Köter hier?« Achtlos stieg er über Lord Pips hinweg, der benommen und mit verdrehten Augen quer im Korridor lag.

Chris erschien im Bademantel, die Zahnbürste noch in der Hand und erfasste die Situation. »Mein Gott, was hast du mit ihm gemacht?« Schlaff und leblos hing das Tier in ihrem Arm, als sie es aufhob. »Du bist so was von unsensibel.«

»Was macht er hier?«, wiederholte Wolli.

»Gerd-Uwe hat ihn gestern Abend zurückgebracht. Er meint, für hundert Mark kriegt er nicht mal sein Auto gereinigt.« Dabei wiegte sie den Hund wie ein Kind auf den Armen.

»Die Töle gehört Verena, nicht mir.«

»Verena ist bereits abgereist. Wo sollte er also hin mit dem Kleinen?«

»Wozu gibt's Gepäckfächer?« Er pellte sich aus den Klamotten und warf alles auf einen Haufen. Die Waschmaschine rumpelte bereits vor sich hin. Im Bullauge meinte er, Christianes Jacke von gestern zu erkennen.

»Jetzt ist er nun mal hier«, sagte Chris von der Tür und kraulte Lord Pips, der ihre Finger mit seiner rosa Zunge ableckte.

Allein beim Anblick fing Schröders Magen an zu pumpen.

»Ist doch nur für vierzehn Tage.«

»Nur vierzehn Tage?« Er ließ Wasser in die Wanne. »Hast du vergessen, was diese haarige Biomasse in zwei Wochen aus einer Wohnung machen kann? Dafür hab ich nicht renoviert.« Er stapfte an ihr vorbei ins Büro und schnappte sich das Telefonbuch.

»Was hast du vor?«

»Das Tierheim anrufen.«

»Wolli, die nehmen keinen Hund, der einen Besitzer hat.«

»Dann eine Tierpension.«

»Die kostet mindestens drei Blaue. Glaubst du ernsthaft, die kriegst du von Verena zurück?«

»Schön. Sehr schön.« Er knallte das dicke Gelbe auf den Tisch, pflückte ihr den Hund vom Arm und hob ihn drohend in Augenhöhe. »Erwisch ich dich nur einmal dabei, dass du würgst, fliegst du durch das Fenster da raus.« Er drängte sich an Chris vorbei, riss das Fenster auf und hielt das zappelnde und fiepende Knäuel über den Abgrund. »Siehst du die Flecken da unten? Die sind alle mal an der Leine gegangen, bis sie Onkel Wolfgang fürchterlich auf den Keks gingen. Präg sie dir gut ein, Kotzer.«

Lord Pips rülpste.

Der Gedanke, einem fliegenden Hund hinterher zu sehen, hatte was Verlockendes. Wolli unterdrückte ihn, hob die Töle zurück ins Beheizte und ließ ihn auf den Boden plumpsen, wo er, kaum angekommen, wie ein Strich aus dem Zimmer schoss.

»Wolfgang, du hast ein gestörtes Verhält ...«

»Tiere gehören in den Wald oder auf den Teller.«

Die Wanne rief und Schröder folgte.

Derweil brachte Chris ihn auf den neuesten Stand. Kalli hieß Karlfried, ja ehrlich, Stuckmann und war laut Pelldorfs Eilauskunft nicht vorbestraft. Was ja nichts hieß. Sein Nasenschnodder war gegenwärtig zusammen mit Koschneks Blutstropfen unterwegs zu einem Biologischen Institut in Düsseldorf, das die Blutgruppenbestimmung vornehmen würde.

»Was schon ein paar Märkchen kosten wird.«

»Vielleicht hat Mutter Jenninger eine Rechtsschutzversicherung, die wir melken können. Ansonsten muss der Faßmann-Fall das auffangen. Hat Benno sich gemeldet?«

»Ja. Scheint so, als hätte er sich verliebt.«

Schröder, bereits halb unter Wasser, kam wieder hoch. »Ist nicht wahr!«

*

»Schon wieder ein Paket am abgeben?«, fragte der Mädchenhändler und kratzte sich dabei die Koteletten, dass feine Schuppen auf die Tresenplatte stäubten.

Im Nachhinein, wenn er an die Wurst dachte, die er hier ahnungslos verputzt hatte, wurde ihm ganz anders. »Jaja.«

»Dasselbe zu essen wie letztes Mal?«

»Nee, nee.« Benno schluckte schwer. »Heut nur Kaugummi.«

»Pfefferminzgeschmack?«

»Egal. Hauptsache, sie sind eingepackt.«

Bevor lästige Fragen laut wurden, bezahlte er, stieg ins

Auto und fuhr zurück.

Er warf zwei Streifen ein, dann drückte er die Tür zum Museum auf. Im Vorraum war niemand, in der Ausstellung selbst auch nicht.

Die Fenster waren große zweiflüglige Dinger mit klobigen Beschlägen, mindestens vierzig Jahre alt. Sie schieden genauso aus, wie die vorn zur Straße hin. Schade. Benno zog sacht die Tür zum Treppenhaus auf und lauschte. Außer den Geräuschen in der Küche war nichts zu hören.

Wie in alten Häusern oft anzutreffen, lag der Zugang zum Keller unter der Treppe. Er war unverschlossen. Benno drückte sich hinein, zog die Tür zu und ließ seinen Augen Zeit. Nach und nach erkannte er die Treppenstufen, die vor ihm steil abfielen und eine Lichtquelle. Sie stammte aus einem Fenster, wie er beim Heruntergehen erkannte.

Der Raum war eine Art Waschküche. Er besah sich den nächsten, eine Vorratskammer, und dann den übernächsten. Darin waren Gartenstühle gestapelt. Eine Tür führte hinaus. Er ließ sie unbeachtet, drehte dafür den Hebel am Fenster, der zuerst klemmte, sich dann aber betätigen ließ. Inzwischen hatte das Kaugummi seinen Geschmack verloren. Er nahm es aus dem Mund und klebte es an die seitliche Fensterkante, unterhalb vom Schloss. Dann drückte er das Fenster zurück in den Rahmen, verriegelte es aber nicht. Ein paar Minuten, und das Kaugummi war ausgehärtet. Bis dahin pappte das Fenster so fest am Rahmen, dass auch der Wind es nicht aufdrücken würde. Hoffentlich.

»Ein Restrisiko bleibt immer«, murmelte er und machte sich auf den Rückweg.

Oben an der Kellertür lauschte er nochmals, durchquerte dann den Flur und betrat ungesehen den Ausstellungsraum.

Ohne zu überlegen, griff er sich die Terrine, für die er das übertriebene Interesse geheuchelt hatte. Als er sie hochnahm, schrillte es im Treppenhaus ohrenbetäubend.

Das Ding war schwerer, als er angenommen hatte. Mit beiden Händen trug er es zum Vorraum, als auch schon Viktor Hahn um die Ecke bog. Erschreckt hielt er inne, als könne er nicht glauben, was er da sah.

»Oh«, machte Benno und blieb stehen.

»Mein Herr!«

»Es … es hat mich überkommen.«

»Wie können Sie es wagen? Ein Dieb in unserem Haus.« Ängstlich blieb der Alte stehen, als fürchtete er, Benno würde ihm mit dem Porzellan den Schädel einschlagen.

»Ich muss sie haben, unbedingt.«

»Stellen Sie sie zurück.«

»Aber ich ...«

»Stellen Sie sie sofort zurück.«

Mit dem, was er unter einem zerknirschten Ausdruck verstand, schleppte Benno das Teil zurück und stellte es aufs Regal. Sofort hörte das Schrillen auf.

In die Stille hinein war das heftige Atmen des alten Mannes zu hören. »Gehen Sie.«

»Sie wollen nicht die Polizei ...?«

»Verlassen Sie auf der Stelle unser Haus. Und wagen Sie es nicht, noch einmal herzukommen.«

Kann ich nicht versprechen, dachte Benno, neigte dann reuevoll den Kopf und ging. Genau so hatte er es sich vorgestellt.

*

Schröder lag gerade auf der Couch in seinem Büro, die Decke bis zu den Ohren, und überlegte, was er träumen könnte, als es klingelte. Bis auf weiteres stellte er sich tot.

Der Kotzer bellte einmal verhalten, erinnerte sich aber wohl an das letzte Mal und blieb in seiner Ecke, während Christiane öffnete.

Kurz darauf kam jemand die Treppe rauf und er hörte Chris noch sagen: »Der kann aber nicht mit rein«, als schon das Gekeife und Gekläffe losging. Wolli öffnete ein Auge und sah, wie Lord Pips volle Lotte durch die Tür gehetzt kam, dabei aus der Kurve getragen wurde, sich mit scharrenden Pfoten fing, beschleunigte und mit einem Satz auf seinen Schreibtisch sprang. Keine Sekunde später jagte eine Promenadenmischung herein, mit weniger Kurventechnik drauf, und schlinderte breitbeinig und starr genau auf Schröder zu. Ohne zu überlegen, schlug Schröder mit dem Kissen auf ihn ein, dass die Töle sich fast überschlug und mit dem Gummibaum zusammenstieß. Gleichzeitig erschien eine Art Frau in der Tür und rief: »Bijou! Willze wohl herkommen.« Während Chris versuchte, Verenas verängstigte Edelratte auf den Arm zu kriegen, bevor der auf die Unterlagen scheißen konnte.

»Ruhe, verdammt noch mal!«

Schlagartig war es still.

Wolli schwang seine Beine aus der Horizontalen. »Nehmen Sie Ihren Köter aus meiner Grünpflanze, aber ratz fatz.«

Die Frau wurde weiß unterm Lidstrich und zerrte den Bastard aus der Blumenerde. »Macht der sonst nie.« Sie sah aus wie … Nee. Auf jeden Fall dürfte sie keinem Elektromagneten zu nah kommen. Wo ein Ring reinpasste, war auch einer drin. Ihre Ohren, Lippen, Nasenflügel und Augenbrauen waren dermaßen gepierct, dass es ihr beim

Essen wahrscheinlich den Kopf in den Teller zog. Was im Gesicht das Metall, war überm Brustbein das Silikon.

Sicher hatte sie es billiger bekommen und sich gleich richtig eingedeckt. Alles zusammen war knapp an die dreißig, steckte in einer glitzernden Wurstpelle und endete in silberbeschlagenen Stiefeletten.

Frau Ullmann blieb ernst, ernst mit zuckenden Backenmuskeln.

»Hi, ich bin die Gitte.«

»Küss die Hand«, sagte Schröder und blieb auf der Couch sitzen. Ob er sich vielleicht ein Pils gönnen sollte?

»Die Chantal hat mir gesacht, worum et geht.« Ihr Slang war so breit, dass man drauf überholen konnte.

»Und worum geht et?«, fragte Frau Ullmann und musste sich jetzt wohl oder übel wegdrehen, um nicht loszuprusten.

Was der Besuch nicht mitbekam. »Um die Kleine, die sie zusammengehauen haben, ja?«

»Sekunde.« Er meinte, ein Rufen aus dem Kühlschrank zu hören, stand auf, ging in die Dunkelkammer und brachte eine Dose Pils in seine Gewalt. Er trank mit geschlossenen Augen, machte ein Bäuerchen und ging wieder hinüber.

Frau Ullmann stand wie sie stand, die Augen starr auf den Teppich gerichtet, die Lippen zwischen die Zähne gezogen. Ein Denkmal an Konzentration.

»Und?«, fragte Wolli.

Gitte friemelte an den Fingern. Sie hatte dunkelblaue Nägel mit Sternchen drauf, nur unwesentlich kürzer als die von Freddy Krüger. »Also, an dem Abend, ja? Da war ich da gewesen. Und da seh ich, wie zwei Kerls aus dem Bauzaun rauskommen.«

»Bei euch an den Wagen?«

»Nee, weiter runter, ja? Da ist noch so 'ne Stelle. Also, auf jeden Fall, kommen die da raus, rennen richtig, also richtig schnell und springen in so'n Wagen. Und weg sind sie.«

»Kennzeichen?«

»Glaubste, ich hab bei der Arbeit 'en Fernglas umhängen?«

»Auch ein Bier?«

»Nee, lass man. Also, auf jeden Fall, ja? Einer von denen ist so komisch gelaufen. So ungefähr.« Sie ging durch den Raum, wobei sie ein Bein nachzog.

Frau Ullmann patschte die Hand auf den Mund, und raus war sie.

»Und wie alt waren die?«

»Keine Ahnung.« Und musterte ihn. »Jünger wie du.«

»Würdest du die oder einen von denen wieder erkennen?«

»Klaro.«

»Okay.« Er trank aus und knüllte die Dose zusammen. »Dann sag ich erst mal Danke.«

»Und mit Belohnung? Was ist damit?«

Schröder zog seine Brieftasche aus dem Hosenbund, zählte zwei Fünfziger ab und drückte sie ihr in die Hand. Chantal hatte er netter gefunden.

Sie fanden Frau Ullmann mit dem Rücken zum Durchgang stehend und ein »Wiedersehen« hauchend.

Kaum hatte er die Tür hinter Gitte geschlossen, fing Chris an, am ganzen Leib zu zittern und dann brach es aus ihr raus. Sie krümmte sich, plumpste auf den Stuhl, kam keuchend wieder hoch, hielt sich am Schreibtisch fest, stand dann gebeugt da und holte Luft. Beruhigte sich.

Schröder ging durch den Raum und zog ein Bein nach.

Frau Ullmann platzte los, gekrümmt unter einem neuen Lachkrampf und kringelte sich, bis sie sich luftschnappend die Seite hielt.

Schröder nahm sie in den Arm, wo sie langsam auszitterte. »Unser Beruf hat auch seine Sonnenseiten, gell?«

»Ich sach dich dat.« Schweratmend wischte sie sich die

Lachtränen aus dem Gesicht. »Huh! Nee, so was aber auch.« Sie sah ihn an mit ihren rotverquollenen Augen und zog die Nase hoch. »Hältst du das für 'nen sachdienlichen Hinweis?«

»Der Hinkende, hört sich bisschen nach Klaus Kinski und Nebelmaschine an. Andererseits, Hüftschäden gibt es nun mal wirklich.« Er verwarf den Gedanken an eine zweite Bierdose und goss sich stattdessen einen Becher Kaffee ein. »Hast du noch mal mit Maike gesprochen?«

»Bringt doch nichts. Die lässt einen eiskalt abblitzen.«

»Vielleicht sollte ich es mal versuchen.«

*

»Och, nee. Nicht schon wieder.« Maike Jenninger verdrehte die Augen, als sie Chris hereinkommen sah. Und gleich ein zweites Mal, als Schröder hinter Chris auftauchte. Die Schwellungen in ihrem Gesicht waren zurückgegangen, aber sie sah immer noch schlimm aus. »Bringen Sie Verstärkung mit?«

»Frau Jenninger ...«

»Ich weiß nichts, es war dunkel und ich will den ganzen Scheiß einfach vergessen.«

»Werden Sie aber nicht«, sagte Wolfgang, wobei er sorgsam die Blumenvase auf den Nachttisch stellte.

»Nehmen Sie Ihre Scheißblumen und machen Sie, dass Sie rauskommen.«

»Und wissen Sie auch, warum Sie die Sache nicht so einfach vergessen werden? Nicht nur wegen der Demütigung, wegen dem, was die Ihnen angetan haben.« Ohne auf ihr wütendes Gefauche zu hören, setzte Schröder sich auf die Kante vom Bett nebenan. »Sondern weil Sie den beiden auch noch helfen, unbeschadet da rauszukommen.«

»Oh Gott!« Sie griff sich beidhändig in die Haare.

»Kommt das jetzt?«

»Sie helfen denen, weil Sie Angst haben. Okay, kann ich irgendwie sogar verstehen.«

»Ja? Sie verstehen das?«

»Ja.«, sagte Wolli. »Übrigens, Sie haben es gerade zugegeben.«

Das Mädchen klappte den Mund zu und wieder auf. Und sah demonstrativ von ihnen weg.

»Worum geht es bei der Geschichte?«

»Wissen Sie was? Ich brauch mir das nicht gefallen zu lassen.« Sie angelte mit der Hand nach der Klingel, die an einer Schnur hing und drückte sie.

»War Sven dabei?«

»Sie haben ja nicht alle Latten am Zaun.«

»Kalli Stuckmann?«

Ihr Kopf schnellte herum. »Der hat nichts damit zu tun. Der… Kalli ist ein… feiner Kerl.« Sie drehte sich zum Fenster und schlug gleichzeitig mit der Faust nach ihm.

Schröder fing sie mit der hohlen Hand und hielt sie.

Der Arm des Mädchens zitterte.

Die Tür wurde aufgerissen. Chris erkannte den Vollarsch, der jetzt mit großen Schritten zum Bett kam.

»Was geht hier vor?«

Mit einem Ruck zog Maike ihre Faust aus Schröders Hand und kugelte sich ein.

»Sie schon wieder?« Der Vollarsch in Weiß baute sich vor Chris auf. »Sie wollen wohl Hausverbot?«

Schröder blickte hoch, als würde er ihn erst jetzt bemerken. Er stand auf, sah nochmals zu dem Mädchen, das ihnen den Rücken zukehrte und klopfte dem Arzt vors Revers. »Schon gut«, sagte er leise. »Schon gut, wir gehen.«

Chris folgte ihm perplex.

Draußen vor dem Portal steckte er sich eine Zigarette an und inhalierte tief. »Also Kalli.«

»Seh ich auch so. Die Frage ist nur, wie wir es ihm nachweisen. Und wer der zweite war.«

Plötzlich, als wäre ihm eine Idee gekommen, ging er los.

Erst am Auto holte sie ihn ein. »Wolli! Das kannst du nicht machen.« Sie versuchte, ihn festzuhalten, er schüttelte sie ab. »Vor Gericht hat das keine Beweiskraft. Du machst dadurch alles nur schlimmer. Lass uns abwarten, bis die Blutgruppen-Untersuchung durch ist.«

»Tu mir 'en Gefallen und nimm dir ein Taxi.«

»Nix da, Schröder.«

»Chris«, sagte er scharf.

»Nein!«

Sie war eingestiegen, bevor er es verhindern konnte.

»Du wartest im Wagen«, sagte er und ließ den Motor an.

»Du bestimmst nicht, was ich tue.«

Er knurrte was und ließ den Wagen aus der Parklücke schießen.

Bis nach Bergeborbeck herrschte eisiges Schweigen.

Schröder jagte den Wagen durch die Schlammlöcher, dass die Brühe bis hoch an die Fenster spritzte. Er brauchte das jetzt und sie ließ ihn machen. Kaum stand das Auto, war er draußen und verschwand in einem der Container.

Es dauerte nicht lange und er kam raus.

Hinter ihm ein Mann, der eine Zigarette beiseite warf. »Wieso? Was ist denn mit ihm?«

Schröder antwortete nicht, warf sich auf den Fahrersitz und preschte los.

Erst als sie auf die Durchgangsstraße bogen, fragte Chris nach.

»Stuckmann ist heute Morgen nicht zur Arbeit erschienen.«

»Dann hat er Wind gekriegt.«

»Der kriegt gleich noch was ganz anderes.«

Nach ihrer Beschreibung fanden sie Stuckmanns Adresse auf Anhieb und Chris stellte noch die Parkscheibe ein, als Schröder auch schon die Treppen zum Haus hochfegte.

Sicherheitshalber, schließlich kannte sie ihren Lebensabschnittsgefährten gut genug, sprintete Chris hinterher. Wenn er versuchen sollte, ein Geständnis aus Stuckmann rauszuprügeln, konnten sie gleich einpacken. Vorsätzliche Körperverletzung war das Letzte, was sie vor Gericht brauchen konnte.

Schröder war bereits die Treppe hoch und hatte den Handballen auf der Klingel.

Sie betete zu Gott, dass Kalli nicht da war.

Gott genehmigte ihren Antrag. In der Wohnung blieb es still.

Schröder fingerte seine Schlüsselhaken aus der Jacke.

»Bist du bescheuert?«

Gott war heute gut drauf und ließ Schritte auf der Treppe laut werden. Von oben kam eine alte Frau mit Schirm und Jutebeutel über dem Arm.

»Entschuldigen Sie«, sagte Chris, während Wolli seine Schlüsselhaken in der Hand verschwinden ließ. »Wir wollten zu Herrn Stuckmann. Sie wissen nicht zufällig, wo wir ihn finden könnten?«

»Das ist aber merkwürdig, dass Sie das fragen.« Über den Brillenrand hinweg wurden sie einer ausgiebigen Musterung unterzogen. »Wo ich mich schon gewundert hatte, wieso der in Urlaub fährt. Und dann im März. Ist doch gar keine Zeit dafür.«

»Urlaub?«

»Ja, der ist heute Morgen mit 'nem Koffer raus und in ein Taxi gestiegen. Dabei nimmt er doch sonst auch immer den Bus.«

Schröder guckte Chris an, als müsse er gleich weinen.

*

Benno überlegte hin, Benno überlegte her. Er tigerte durchs Zimmer, blieb am Fenster stehen, ging bis zur Tür und wieder zurück, setzte sich in den Sessel, stand auf, steckte eine Pfeife an, ließ sie wieder ausgehen, tapste in den Flur und sah Nora über die Schulter, die an ihrem Bild arbeitete.

»Glaub nicht, ich frage nach.«

»Es ist nicht so, dass ich ein Geheimnis draus machen möchte, meine Liebe. Eigentlich bin ich mir jetzt sicher genug, um dir alles zu erzählen, ohne mich lächerlich zu machen. Das allerdings ist nicht das Problem.«

Ohne den Pinsel aus der Hand zu legen, hob sie den Kopf. »Wenn ich helfen soll, musst du schon deutlicher werden. Oder soll ich nicht?«

»Ständ ich sonst vor dir, verzweifelnd unter der Last meines Wissens?« Er drückte ihr einen bartkratzigen Kuss in den Nacken. »Nach Rat aus deinem Munde dürstend, Gefährtin du und Weib, um das die Gedanken meiner Wollust kreisen.«

»Was denn, schon wieder?«

»Nein, nicht in dieser Hoffnung kam ich her. Nur, dein Ohr mir zu leihen.«

»Ich dachte schon. Es lohnt ja gar nicht mehr, das Bett zu machen.«

Er zog einen Schemel heran, prüfte dessen Belastbarkeit und ließ seinen massigen Körper darauf nieder. »Soll ich dir sagen, warum Freiherr von Diepenbeck keine Geschäfte mehr macht, die Nachbarn schmäht und einsam durch seinen Garten wandert wie eine Gestalt aus nordischen Dramen?«

»Aus keinem anderen Grund klebt mein Blick an deinen Lippen, Geliebter.«

»Aber nicht lachen.«

Mit den Fingern zog sie ihre Mundwinkel nach unten.

»Also gut.« Er sagte es ihr.

Anschließend blieben ihre Mundwinkel von selbst unten. »Das ist nicht dein Ernst.«

»Doch. Und heute Nacht werd ich sehen, ob es sich sogar beweisen lässt. Obwohl«, er hob abwehrend die Hände. »Obwohl ein Beweis womöglich gar nicht nötig ist. Womit wir zu meinem Problem kämen.«

»Was sagst du Faßmann?«, vermutete Nora.

»Richtig. Was sag ich ihm?«

Sie überlegte einen Moment, dann sah sie ihn an mit ihren wunderschönen eisgrauen Augen und lächelte matt. »Nichts.«

Benno ergriff ihre Hand und drückte sie. »Ich hatte gehofft, dass du das sagst.«

*

Die nächste Stunde gehörte der Telekom. Während Chris einen Beutel von Oma Lenes Sauerbraten auftaute und sich nicht zum ersten Mal fragte, wie Oma aus eingelegten Fleischlappen eine solche Delikatesse machte, hing Wolli am Telefon. Bennos Connections ausnutzend, fand er relativ schnell das Taxiunternehmen, das Kalli Stuckmann einen Wagen geschickt hatte, und bekam auch raus, wohin es gegangen war. Zum Flughafen Dortmund-Wickede. Doch ab da wurde es schwierig, besser gesagt, unmöglich.

Obwohl er alles an Charme aufbot, was nach der regennassen Nacht und seinem Frust übrig geblieben war, konnte man beinahe hören, wie er mit dem Kopf gegen eine Mauer rannte, auf der groß »Datenschutz« stand.

»Frollein, ich glaube, Sie verstehen mich nicht. Das ist ein Notfall. Herr Stuckmann ist schwer zuckerkrank, und wenn ich ihm seine Medikamente nicht nachschicke, kollabiert der Ihnen, bevor Ihre Stewardess erklärt hat, wo genau unterm Sitz die Rettungswesten klemmen.«

Allein, die Geschichte, originell oder nicht, darüber konnte man streiten, stieß bei der Schalterperson auf Ohren, die so was von taub waren, dass man hätte drauftreten können, ohne ein Zucken zu erzeugen. Stattdessen versprach sie, sich beim Kapitän des entsprechenden Fluges nach dem Befinden des Passagiers zu erkundigen. Das war der Zeitpunkt, an dem Wolli den Hörer auf die Gabel schepperte.

»Er ist weg, akzeptier das endlich«, sagte Chris, Lord Pips auf dem Arm, und probierte schon mal einen Löffel voll Soße. Oh, Mann!

»Nimm den Hund vom Topf.«

Sie ignorierte ihn. »Und der kommt auch nicht wieder, bis die Grünen den Fall geschlossen haben. Wenn er überhaupt wieder nach Essen kommt.«

»Genau das ist es ja. Plötzlich kann sich dieser kleine schmierige Handlanger erlauben wegzufliegen und wer weiß wie lange zu bleiben. Wovon denn? Von den paar Kröten, die er am Bau verdient? Nee.« Er nahm ihr den Yorkshire-Terrier vom Arm und warf ihn auf die Eckbank, wo er sich fiepend überschlug.

»Schröder, bitte, ja?«

»Erstens ist die Bank gepolstert, zweitens wollte ich den Schrank treffen. Zurück zu Stuckmann. Es muss jemanden geben, der ihm das alles bezahlt und der ihn damit aus der Schusslinie holt.«

»Der zweite Vergewaltiger?« Sie stach in die vor sich hin kochenden Kartoffeln. Die waren gleich soweit. »Glaub ich nicht. Sieht mir eher danach aus, als wären die beiden von einem Dritten engagiert worden.«

»Der unsichtbare Dritte.« Plötzlich stand Wolli gerade, Stahl in den Augen und mit dem Mund, der nie lachte.

»Gell, Schätzchen, das gefällt dir.« Sie goss die Kartoffeln ab, trug sie zum Tisch, holte den Sauerbraten dazu und setzte sich mit dem Rücken zur Fahrtrichtung. Vor den Fenstern des Speisewagens wischte die flache Landschaft des Mittleren Westens vorüber.

Thornhill kam, vom Kellner dirigiert, den Gang herunter, sah sie, stutzte und nahm wortlos und in einer gleitenden Bewegung ihr gegenüber Platz. »Ich nehm einen Martini vor dem Essen.«

Eve traktierte ihn so lange mit ihren Blicken, bis er von der Speisekarte aufsah.

»So trifft man sich wieder«, sagte er wie nebenbei. Doch es bedeutete ihm viel. »Können Sie mir was empfehlen?«

»Wie wäre es mit Sauerbraten?«

Er nickte, faltete die Speisekarte und gab sie dem Kellner. »Ich möchte einen Sauerbraten. Ohne Kartoffeln.«

»Ich hab extra welche gekocht.«

»Fall nicht aus der Rolle.« Er sah sich um, doch anscheinend beobachtete sie niemand. »Komm ich Ihnen bekannt vor? Es muss etwas an meinem Gesicht sein ...«

»Es ist ein nettes Gesicht«, unterbrach sie.

»Zu diesem Typ Frauen gehören Sie also. Zum ehrlichen.«

Eve lächelte amüsiert. »Ich habe den Steward mit fünf Dollar bestochen, damit er Ihnen diesen Platz anweist. Nicht doch ein Kartöffelchen?«

Ihre Blicke verschmolzen.

Draußen zogen Telegrafenmasten vorbei.

Eve kraulte den kleinen Hund, der sich bettelnd an den Tisch geschlichen hatte.

»Mein Name ist übrigens Wolfgang Schröder, ich verkaufe Kühlschränke.«

»Täuschen Sie sich da nicht? Auf jeder Zeitungsseite steht, dass Sie wegen Mordes gesucht werden. Aber, keine Angst, ich werde nichts weitersagen. Denn ich denke an die lange Nacht. Und das Buch, dass ich angefangen habe, langweilt mich.«

»Schnitt«, sagte Schröder. »Neunzig Minuten später. Der Zug fährt in den Tunnel. Du bist der Tunnel.«

»Erst aufessen.«

»Ob unsichtbarer Dritter oder Zweiter, der Typ, der dahintersteckt, kann es sich leisten, Kalli in Sicherheit zu bringen. Das heißt, bei der Sache geht es um Geld.«

»Und Maike weiß davon?«, vermutete Chris.

»Maike hat was rausgekriegt«, nickte Wolli und matschte seine Kartoffeln in die Soße. »Auf so einer Baustelle laufen immer krumme Sachen. Das Ding ist mit zehn Millionen veranschlagt, kostet dann aber zwanzig, und mit der Differenz werden Konten in Steueroasen gefüllt.«

»Schade, bei Stuckmann hätten wir ansetzen können. Und das Geld fürs Labor ist auch zum Fenster rausgeworfen. Wie machen wir jetzt weiter?«

Wolli seufzte herzzerreißend. »Ich hasse es, ich seh keinen Sinn darin, aber was anderes fällt mir nicht ein. Ich leg mich noch mal auf die Lauer.«

»Och, du Armer«, sagte sie und tapste ihm den Arm. »Kann ich irgendwas tun, um dich zu trösten?«

»Mach mir den Tunnel, Baby.«

*

Das Licht ließ nach. Zunächst merkte er es gar nicht. Erst, als er einen Blick hinüber auf die knochigen Säulen des Pavillons warf, fiel ihm der Kontrast zum Garten auf, der sich hinter der Wiese in einem diffusen Grau verlor. Der Himmel war nun völlig verhangen, über den Baumwipfeln im Westen stand drohend schwarz eine Wolkenwand. Eine flattrige, auseinandergezogene Kette von Vögeln erschien davor. Lauter winzige Punkte, einzeln kaum auszumachen. Benno folgte ihnen mit den Augen, bis die letzten hinter der Linie des Dachfirstes verschwunden waren und erstarrte im nächsten Augenblick.

Schwarz und hager stand dort der Baron. Wie aus dem Nichts gewachsen.

Benno war so überrumpelt, dass er sich nicht rührte. Mit zusammengekniffenen Augen sah er hinaus und atmete dabei Noras Wohnzimmerfenster an.

In den schwarzen Mantel gehüllt, das Gesicht im Dunkel der Hutkrempe verborgen, stand der Alte reglos auf dem Rasen. Unwirklich, unbeweglich, den Rücken halb zu Benno gewandt, blickte er auf die schimmernden Marmorstufen, die vom Rasen hinauf in die Dunkelheit des Pavillons führten. Angesichts der düsteren Gestalt verwandelte sich das kleine Bauwerk in etwas Unheimliches, etwas Abweisendes. Einen kurzen Moment lang hatte Benno Korn das Gefühl, er dürfe nicht hier sein, es würde ihm nicht zustehen, die Szene mit anzusehen.

Kurz erwischte er den Blick auf die reflektierenden Brillengläser. Dann drehte ihm der Alte vollends den Rücken zu und ging langsam über den Rasen zum Haus, wo er wenig später aus dem Sichtfeld verschwand.

Benno blieb hinter dem Fenster stehen, sah zum Pavillon, dann zurück zum Haus. »Traurig«, murmelte er. »Verdammt traurig.«

*

Schröder war kein Mann, der einen Fehler zweimal beging. Vor allem war Schröder kein Mann, der nasse Schultern mochte.

Da traf es sich, dass unweit seines gestrigen nächtlichen Standortes mehrere LKWs geparkt hatten, die wuchtigen Schnauzen in Richtung Bauplatz.

Da standen sie auch heute Abend wieder, einladend kuschelig und trocken im Inneren.

Schröders Schlüsselhaken öffneten die Tür eines Lasters, der geschützt in der Mitte zwischen den anderen parkte. Drinnen roch es muffig nach kaltem Zigarettenrauch. Wolli knipste die Deckenlampe aus, zog die Tür hinter sich ins Schloss und wuchtete den Rucksack auf den Nebensitz. Neben den obligatorischen Marsriegeln enthielt er eine Thermoskanne Kaffee, Butterbrote, einen Discman und mehrere Dosen eines wohlschmeckenden Getränks goldener Farbe in einer kleinen Kühlbox. Wenn er schon für lau malochte, wollte er sich wenigstens nicht einschränken.

Er kurbelte das Fenster etwas herunter, steckte eine Zigarette an, die er in der hohlen Hand verbarg und öffnete das erste Pils.

»So lässt sich arbeiten.«

Das Gelände vor Augen, Müller-Westernhagen in den Ohren, Bier in den Händen, hielt er einsame Wacht. Einsam wie sein Leben, sein Beruf, seine Mission. Gerechtigkeit den Betrogenen und In-den-Staub-Getretenen, Peitsche und Galgen für die Missetäter. »Einer muss schließlich den Dreck beiseite schaffen, die Straßen frei machen von Gesindel und Verderbnis.«

Kurz vor elf tanzte ein Scheinwerferpaar über das Gelände, die Sheriffs vom Wachdienst. Gestern Abend waren sie noch früher gekommen. Einer stieg aus, leuchtete die Türen der Container mit einer Taschenlampe ab, ging ein bisschen rum, ging pinkeln und stieg wieder zu seinem wartenden Kollegen.

Dann tat sich eine Stunde lang nichts mehr.

Bis Wolli einen Motor hörte, einen schweren Diesel. Ein Scheinwerfer war allerdings nicht zu sehen. Oha.

Er warf die Kippe aus dem Laster und öffnete spaltbreit die Tür.

Der Diesel kam näher. Mit seinen, in jahrelanger Observationsarbeit geschärften, Augen konnte er ihn erkennen. Ein Laster mit Plane, die Schweinwerfer ausgeschaltet. Er hielt auf dem Platz vor den Containern, wendete und setzte zurück bis vor die Bauwagen, dann ging der Motor aus. Zwei Typen sprangen aus dem Führerhaus, ließen die Türen offen und gingen zu einem der Bauwagen. Der eine trug was großes Langes.

Kurz darauf wusste Schröder, was es war: eine Brechstange. Die Tür des Bauwagens knirschte und als sie aufsprang, gab es einen leisen Knall. Die Männer hoben kurz die Köpfe, aber da war niemand, der mitlauschte, außer Schröder, was sie nicht ahnen konnten. Dann verschwanden sie im Wagen.

Schröder stieg aus und knöpfte seine Jacke zu.

Dem Regen war es in den Sinn gekommen, einfach aufzuhören.

An der Straße, unter tropfenden Bäumen, rauchten die Huren und wechselten das Standbein.

Schröder lief geduckt hinter den aufgeschütteten Erdhügeln hindurch, bis er vielleicht zwanzig Meter an den dunklen Laster herangekommen war.

Im Bauwagen fiel klirrend was zu Boden. Besonders vorsichtig waren die beiden nicht. Wahrscheinlich kannten sie den Zeitplan der Wachleute und wussten, dass sich hier so schnell keiner mehr blicken lassen würde. Rückwärts kam einer der Typen heraus, er zog etwas hinter sich her. Sein Kumpel schlug die Plane beiseite und gemeinsam hievten sie das Ding, es konnte ein Generator sein oder was ähnliches, auf die Ladefläche.

Der Vorgang wiederholte sich zweimal, dann wurde die Plane heruntergewischt und die beiden stiegen ein.

Wolli spurtete aus der Deckung, bekam im Losfahren die Ladeluke zu fassen, lief ein Stück noch mit, zog sich hoch und wuchtete sich auf die Ladefläche.

*

Anschleichen und sich beim ersten Geräusch panisch in den Schatten drücken, hatte er von jeher bescheuert gefunden. Und so schwang Benno Korn, als es auf Mitternacht zuging, nach einem Abschiedsbussi und einem letzten Schluck Montepulciano sein Bein über Noras Jägerzaun.

Im Erker, über seinem Kopf, brannte noch Licht.

Während er über den Rasen ging, den Pavillon so gut wie möglich ignorierend, zählte er die Fenster ab. Das mit dem Kaugummi hatte funktioniert, der Flügel schien nur geschlossen und ließ sich mühelos aufdrücken. Leise ächzend schob Benno seinen Körper durch das enge Loch, rutschte den letzten halben Meter und kam auf den Füßen zu stehen.

Durch die beiden Räume zur Waschküche, die Treppe hoch, kurz warten, dann drückte er langsam die Klinke herunter.

Im Treppenhaus war es dunkel und still. Kein Laut drang durch das Haus. Er durchquerte den Ausstellungsraum. Durch die hohen Fenster fiel gelbes Licht von den Laternen an der Straße und spiegelte sich in Hunderten von blitzenden Pünktchen auf den polierten Oberflächen des Porzellans. In der Stille der nächtlichen Halle knarrte das Parkett überlaut.

Im Vorraum wandte er sich nach links und betrat das Zimmer, das er schon von seinem Fenster aus beobachtet hatte. Es war das mit dem Aktenschrank. Inzwischen hatten sich seine Augen so an das Halbdunkel gewöhnt, dass er auf die mitgebrachte Taschenlampe verzichtete. Es gab noch einen zweiten Aktenschrank und einen Schreibtisch. Benno zog die Schubladen auf, in denen penible Ordnung herrschte. Hier lag nichts durcheinander, alles war in kleinen Kästchen untergebracht. Er durchsuchte jede einzelne Lade, nahm sich erst den einen, dann den anderen Aktenschrank vor und sah sich suchend um. Hier war sie offensichtlich nicht. Wo dann? Wo sonst, wenn nicht dort?

Sein Kopf ging zur Decke.

Wenn er sich täuschte und alles ganz anders war, als er es sich dachte, ging er ein verdammtes Risiko ein. Nicht, dass er die Nacht möglicherweise in einer Zelle im Polizeipräsidium verbringen würde, beunruhigte ihn. Es war eher der Schaden für die Detektei, der für sie alle nicht absehbar gewesen wäre.

Andererseits … Er war sicher, sich nicht zu täuschen.

Ja?

Leise seufzend machte er kehrt, verharrte in der Türfüllung, um sich zu vergewissern, dass er nichts durcheinander gebracht hatte und ging zurück durch die Ausstellungshalle. Das Bewusstsein, sich unerlaubt in einem fremden Haus aufzuhalten, in die Intimsphäre ihm völlig fremder Menschen einzudringen, machte sich mit einem Druck auf seinen Magen bemerkbar. Das war einer der Momente, die er hasste, einer, wo das Wort Schnüffler wirklich passte, und zwar in seiner negativsten Bedeutung.

Gerade hatte er den ersten Fuß ins Treppenhaus gesetzt, als ihn ein lautes Knarren abrupt stehenbleiben ließ. Da! Wieder! Es kam von oben, vom Treppenabsatz. Wie eine Diele, die sich unter dem Gewicht eines Fußes bewegt.

Im Geiste sah er ihn da oben stehen, wo sich die Treppe in der Dunkelheit verlor. Reglos, eingehüllt in seinen schwarzen Mantel. Ein Schatten unter Schatten. Und sah herunter zu ihm, mit Augen hinter blitzenden Brillengläsern.

Zwei, drei Sekunden lang wurde ihm wirklich ein bisschen mulmig. Und, lächerlich oder nicht, beim Berühren des Geländers fühlte sich seine Handfläche feucht an.

Am Fuß der Treppe stehend, sah er hinauf. Da stand kein alter Mann im schwarzen Mantel. Da war nur ein Keil vom Laternenlicht, der über die Decke strich, kleiner wurde, größer, und dabei knarrte. Nur eine Tür in der Zugluft.

Die Füße dicht am Rand der Stufen, stieg er langsam hinauf. Wo Hahn schlief, wenn er schon schlief, wo der Fahrer, wo die alte Haushälterin, wusste er nicht. Eine falsche Tür und er war aufgeschmissen.

Die letzte Stufe knarzte leise. Unwillkürlich hielt er inne, ertappte sich dabei, wie er den Atem anhielt. Langsam, sehr langsam, durchquerte er den quadratischen Flur, umfasste die Klinke der sich bewegenden Tür und hielt sie fest.

Im Raum dahinter sah er ein Sofa, einen Schrank. So leise wie möglich, mit heruntergedrückter Klinke, schloss er die Tür.

Es gab drei weitere, dazu eine Treppe, die nach oben ins zweite Stockwerk führte. Bedienstete schlafen oben, fuhr es ihm durch den Kopf. Ja, aber diese Bediensteten waren nicht gut zu Fuß. Und wer konnte sagen, ob solche Regeln in diesem Haus Gültigkeit hatten?

Erst jetzt bemerkte er den Gang, der rechter Hand abging. Und kaum hatte er sich ihm zugewandt, sah er das Licht unter der Tür am Ende.

Wo sonst, wenn nicht dort?

Er folgte dem Gang, wobei er das Gefühl nicht loswurde, jemand würde ihn beobachten. Jemand könnte aus dem Dunkeln heraus nach seinem Arm greifen, ihm eine Hand auf die Schulter legen.

Indes, da war keine Hand.

Benno stand vor der Tür.

Von innen drang kein Laut heraus.

Er beugte sich zum Schlüsselloch und erkannte einen Schreibtisch.

Willst du umkehren?

Nein, du irrst dich nicht.

Er öffnete die Tür, trat ein und schloss sie in derselben Bewegung.

Er stand im Arbeitszimmer des Barons. Der Raum war leer.

Ohne sich zu bewegen, sah Benno sich um. Bücherregale bedeckten die Wände. Auf dem Schreibtisch brannte als einzige Lichtquelle eine Lampe mit grünem Schirm. Neben dem Fenster stand ein bequemer Ohrensessel, auf dem eine zurückgeschlagene karierte Decke lag. Rechts davon, auf einem Tischchen, lag ein offenes Buch.

Richtig, der Raum war leer, aber nur so leer, wie es ein Raum ist, wenn der Bewohner ihn für ein paar Minuten verlassen hat.

Und noch etwas erregte seine Aufmerksamkeit. Ein leises Geräusch, ein kaum hörbares Schnarren.

Seine Gedanken überstürzten sich. War ihm nun doch ein Irrtum unterlaufen? Was, wenn jetzt die Tür hinter ihm aufging und der Freiherr hereinkäme? Mal ganz davon abgesehen, dass der Alte wahrscheinlich vor Schreck tot umfallen würde.

Du wolltest her, jetzt bist du hier. Also such sie.

Wie von selbst setzte er sich in Bewegung, ging zum Schreibtisch, die Hände schon wieder feucht. Oder immer noch. Die Arbeitsplatte bedeckte ein heilloses Durcheinander von Papieren, Krams und Büchern. Direkt neben dem altmodischen Telefon mit Drehscheibe lag eine Art Unterschriftenmappe.

Mit dem Fingernagel klappte Benno die erste Seite auf, ein Auge dabei unentwegt auf die Zimmertür gerichtet. Auf der dritten Seite fand er sie. Sie war einfach da. Er brauchte nicht zu suchen, keine Schubladen zu durchwühlen, keine Ordner durchzublättern. Sie lag ordentlich in der Mappe, wie um präsentiert zu werden. Eine Rückfahrkarte nach Bad Harzburg, zweiter Klasse.

Schlagartig ging das Licht aus.

*

Die Karre rumpelte und schwankte, dass Schröder hin- und hergeworfen wurde wie ein Sack. Endlich kriegte er das Gestänge unter der Plane zu packen und konnte sich wenigstens notdürftig festhalten. Gott sei Dank gab es keinen Durchblick nach vorn ins Führerhaus.

Die zwei wollten wohl hastig Schicht machen, denn der Wagen hatte mordsmäßigen Speed drauf. Schröder hoffte nur, dass sie damit nicht in eine Kontrolle kamen.

An den Außengeräuschen bekam er mit, dass sie über belebte Straßen fuhren. Doch schon nach zwei, drei Kilometern änderte sich das. Er schlug mit einer Hand die Plane beiseite und erwischte einen Blick auf die Kulisse vom Rot-Weiß-Stadion.

Dauerte nicht lange, und die Karre wurde langsamer und als Wolli nachsah, hoben sich linkerhand Lastenkräne in den Nachthimmel. Demnach waren sie beim Hafen.

Plötzlich hielt der Laster an und Wolli machte einen unfreiwilligen Satz nach hinten. Durch das Tuckern des Motors hörte er Gesprächsfetzen, ein halblautes Lachen. Ohne Vorwarnung setzte sich der Wagen in Bewegung. Wieder flog Schröder durch den halben Laderaum und prallte gegen eine der geklauten Maschinen. So langsam wurde er stinkig.

Noch bevor die Bremsen mit Quietschen fertig waren, guckte er raus, sprang über die Ladeluke, sofort runter in die Hocke, sah einen Stapel aufgetürmter Kisten und war mit einem Satz dahinter.

Der Laster hielt mit laufendem Motor. Der Beifahrer stieg aus und zog das Tor einer Halle auf, in dem der Wagen verschwand. Tor zu. Ende aus. Kurz darauf ging in der Halle Licht an.

Schröder machte sich auf einen Schäferhund gefasst. Hier am Hafen gab es kaum Firmengrundstücke, die nachts nicht von Schäferhunden bewacht wurden. Oder Mastinos. Waren auch groß in Mode. In diesem Fall würde Frau Ullmann wohl in den vorzeitigen Besitz seiner Lebensversicherung kommen. Er gönnte es ihr von Herzen, aber im Augenblick war es ein schwacher Trost.

Sollte es einen Hund geben, so ließ er sich Zeit oder pennte gerade 'ne Runde. Vorsichtshalber tastete Schröder nach dem Griff seiner Magnum, wobei er sich aus seiner Deckung löste. Dabei merkte er, dass er wohl Bier und Schnittchen mitgenommen hatte, nicht aber die Waffe.

So'n Scheiß aber auch.

Immerhin, die Versicherung würde zweihunderttausend ausspucken. Ob wohl viele zur Beerdigung kamen? Ob Christiane Schwarz tragen würde, auch noch ein paar Wochen danach? Schwarz stand ihr nicht, machte sie so blass. Aber ein Foto von ihm mit einem Trauerflor dran, das war doch nicht zuviel verlangt, oder? Auf ihrem Schreibtisch, oder nee, an der Wand, wo jeder dran vorbei musste, der reinkam. »Unser Chef, jaja. Ein Mastino, fünfundzwanzig Kilo im Ansprung. Nein, er hatte keine Chance.«

Hach, ja ...

Irgendwo bellte es, aber das war zu weit weg, um gefährlich zu sein.

Über dem Eingang zu einem flachen Gebäude hing ein Schild, dessen Schrift bei dem Licht schlecht zu lesen war. Als Schröder sich anstrengte, stand da »Sliwka-Spedition, Fuhrunternehmen & Lagerung seit 1917«. Sliwka, ein Name, den man sich merken sollte.

Er sah zurück: dahin, wo sie reingefahren waren. Den Stimmen nach, die er dabei gehört hatte, musste da jemand sein, der auf das Tor aufpasste.

Spontan entschied er sich für einen anderen Weg, weiter rein in die Kistenstapel zu einem Zaun, vielleicht zwei Meter hoch. Mehr aus Jux spuckte er dagegen und als es nicht zischte, stieg er drüber.

Der Regen, wie gesagt, ging über einem anderen Landstrich nieder, und so erreichte Schröder nach längerem Fußmarsch die Bottroper Straße und daran gelegen eine Kneipe. Er bestellte ein Pils, trank es und pries die Firma Sliwka und ihre Abneigung gegen Hunde. Er trank noch ein Pils, kam mit der Bedienung ins Gespräch, bestellte ein drittes Pils und ein Taxi.

Da der Fahrer ja nicht alles wissen musste, ließ er sich direkt vor Chantals Wohnwagen absetzen. So, wie die Karre in der Federung ächzte, war die Gute gerade im Kundendienst. Dafür stelzte Gitte auf ihn zu, die Zigarettenhand an der Hüfte und eine Augenbraue hochgezogen. Stramme Leistung bei den zwei Kilo Ringen da dran.

»Schröder? Treibt dich denn her?«

»Dies und das und jenes.«

»Mal mit reinkommen, ja?«

»Ich steh nicht so auf Heavymetal.«

»Arschloch.«

»Bussi«. Und stieg durch den Bauzaun. »Da kann ich es ja gleich mit 'ner Pilsdose treiben.«

Auf dem Weg zum Laster versaute er sich die Schuhe, verdreckte damit das Führerhaus und musste alles erst wieder mit einigen Tempos aufwischen. Danach verschloss er die Tür mit den Schlosshaken, was dauerte, weil er müde war und sich nicht konzentrieren konnte und stiefelte anschließend mit seinem Rucksack Richtung Durchgangsstraße, wo sein Auto stand.

Auf seiner Uhr war es halb zwei. Er hatte Kopfschmerzen, weil er die Butterbrote nicht gegessen, wohl aber das ganze Bier getrunken hatte, und dann noch die drei Pils in der Kneipe. Morgen musste er als erst … Ein scharfer Luftzug! Es knallte in seinem Kopf … Was war ...? Unendlich langsam kam der Boden auf ihn zu … dann sackte er in den Matsch.

*

Es klarte auf. In der Luft lag noch schwere Nässe, aber für Minuten kam immer wieder die Sonne durch.

Ein gutes Omen?

Benno stand zwischen den Sandsteinlöwen. Noch konnte er umkehren, konnte sich ins Auto setzen, zu Faßmann fahren und der Detektei Schröder einen Erfolg auf die Fahne schreiben. Unsinn, ein Erfolg hatte sich auch so eingestellt, man konnte ihn nur nicht auf die Referenzliste setzen. Er hatte noch nicht mit Schröder oder Chris gesprochen, wusste aber, die beiden würden nichts dagegen haben. Und Oma Lene erst recht nicht.

Das war es ja auch nicht, warum er hier stand und mit sich kämpfte. Die Sache war ihm einfach unangenehm.

»Jedes Problem hat zwei Seiten: Die falsche und die unsrige«, seufzte er. »Beweg deinen Arsch, Benno Korn.«

Er ging ums Haus herum zum Nebeneingang und klingelte, ehe er es sich anders überlegen konnte.

Zehn Sekunden vergingen, dann hörte er Schuhe auf der Treppe. Die Tür wurde geöffnet.

»Ja, bitte? Oh!« Hahn erblasste sichtbar, als er Benno erkannte. »Hab ich Ihnen nicht gesagt ...«

»Ich muss Sie sprechen. Es geht um Freiherr von Diepenbeck.« Der Ernst in seiner Stimme wischte Viktor Hahns aufkommenden Protest mit einem Schlag weg. »Mein Name ist Benno Korn, ich bin Privatdetektiv.«

Für lange Sekunden sah es so aus, als würde der alte Mann in sich zusammensinken. Schweißperlen glitzerten auf seiner Stirn und sein Atem ging unregelmäßig.

Ohne ein weiteres Wort, nahm Benno ihn am Arm, drückte die Tür hinter sich zu und führte ihn ins Treppenhaus. »Können wir uns irgendwo ungestört unterhalten? Sie, die beiden anderen und ich?«

Hahn nickte mit mühsamer Beherrschung. Er musste mehrmals schlucken, ehe er sprechen konnte. »Einen Augenblick, bitte.«

Während er in der Küche verschwand, betrat Benno den Ausstellungsraum. Er ging nach vorn zur Tür und verriegelte sie. Gleichzeitig mit den Alten kam er zurück. Zum ersten Mal sah er Karl Grundknecht, den Fahrer. Nein, eigentlich nicht zum ersten Mal. Der großgewachsene hagere Mann senkte die Augen und ließ sich auf einen Stuhl nieder. Martha Niehusen, die Haushälterin, fummelte an ihrer Küchenschürze und guckte flehentlich und mit feuchten Augen. Viktor Hahn stand würdevoll da, angegriffen aber aufrecht.

»Unser Detektivbüro ist von einem Geschäftsfreund des Barons beauftragt worden. Wir sollten herausfinden, warum sich der alte Herr so abrupt aus dem öffentlichen Leben zurückgezogen hat«, erklärte Benno. »Warum? Ja. Wir vier wissen es und, um es gleich zu sagen, mir liegt nichts daran, dass es noch jemand erfährt.«

Drei ungläubige Augenpaare sahen ihn an.

»Und ich bin auch nicht hergekommen, um Ihnen zu zeigen, wie clever ich bin, sondern um mit Ihnen zu beraten, wie es weitergeht.«

»Ich ...« Grundknecht räusperte sich. »Ich wüsste es trotzdem gern.«

»Herr von Diepenbeck war nie zur Kur im Harz. Das rauszufinden war nicht schwierig. Blieb die Frage, wer die Postkarten geschrieben hatte. Sie, Herr Hahn, nehme ich an. Als langjähriger Sekretär des Barons dürfte es Ihnen nicht sonderlich schwer gefallen sein, seine Handschrift nachzustellen. Die Karten hatten Sie bei einem ersten Besuch dort erstanden und Herr Grundknecht nahm sie dann mit nach Bad Harzburg, wo er sie einwarf.«

»Das ist richtig«, antwortete Hahn an Stelle des Fahrers.

»Doch jede Kur endet einmal und so kam der Baron alias Herr Grundknecht vorgestern zurück nach Essen, wo er schon am Bahnhof in die Rolle seines Dienstherrn schlüpfte. Vermutlich nahmen Sie den Zug, weil sie eine so lange Reise nicht mit dem Auto unternehmen wollten, zumal sie allein waren.«

»In meinem Alter fährt man solche Strecken nicht mehr gern.«

Benno nickte verständnisvoll. »Damit es so aussah, als wäre der Baron wie immer mit dem Wagen verreist, stellten Sie das Auto solange in Essen ab und ließen ihre Garage für jeden weithin sichtbar offen.«

»Ich habe gleich gesagt, das geht nicht gut«, wisperte die alte Frau.

»Also, ich fand das clever«, sagte Benno. Sollte er erwähnen, dass Grundknecht zweiter Klasse gefahren war und das den Ausschlag gegeben hatte, denn welcher alte Herr mit Geld fährt zweiter Klasse? Lieber nicht. Andernfalls hätte er sein nächtliches Eindringen, wobei er die Fahrkarte suchte und fand, zugeben müssen. Auch die Zeitschaltuhr fiel darunter, die so abrupt das Licht ausgeschaltet hatte, dass Benno fast am Schlag gestorben wäre. »Zurück zu Hause, spielte Herr Grundknecht weiter die Rolle des Freiherrn. Mir fiel allerdings auf, dass er nicht, wie der, eine Verschnaufpause am Pavillon einlegte, was ich im Nachhinein verstehen kann.«

»Darf ich eine Frage stellen?« Hahn hob beinahe zaghaft die Hand, wie ein Schüler. »Warum stahlen Sie die Terrine?«

»Um sicher zu gehen, dass Sie die Sache unter den Tisch kehren würden. Die Polizei hätte Fragen gestellt, hätte den Baron als Eigentümer sprechen wollen, et cetera et cetera.« Benno sah in die Runde. »Kommen wir zum Schluss. Nur eine Frage vorher: Seit wann ist Freiherr von Diepenbeck tot?«

Verstohlene Blicke unter den dreien, dann war es wieder der Sekretär, der antwortete. »Seit vier Wochen. Seinem Wunsch entsprechend haben wir ihn in aller Stille beim Pavillon beigesetzt.«

»Er liebte diesen Platz so sehr«, fügte die Haushälterin hinzu.

Trotz der bedrückten Gesichter und der ernsten Situation, spürte Benno ein Grinsen aufkommen, unterdrückte es aber.

»Für alle strafrechtlichen Konsequenzen komme selbstverständlich ich auf«, sagte Hahn und straffte sich. »Es war meine Idee, von vornherein. Und ich finde sie immer noch akzeptabel.« Grundknecht stand auf und trat dicht und bedrohlich an Benno heran. »Akzeptabler jedenfalls, als im Altersheim zu vermodern. Wissen Sie, junger Mann, wir drei leben seit mehr als fünfzig Jahren in diesem Haus, fünfzig Jahre, unser ganzes Leben lang. Und plötzlich soll alles aus sein? Hartmut von Diepenbeck, ich weiß nicht, ob Sie jemals seine zweifelhafte Bekanntschaft machen konnten ...«

»Der mit dem Sportwagen.«

»Genau der. Glauben Sie, er hätte einen von uns weiter beschäftigt?« Grundknecht lachte hart. »Oder derjenige, an den er das Haus anschließend verschachert hätte? Ich bin siebenundsiebzig und wenn ich hier raus muss, stehe ich vor dem Nichts.«

»Genau wie Martha und ich«, ergänzte Hahn. »Sehen Sie, Herr Korn, wir tun doch eigentlich nichts Unrechtes. Von des Freiherrn Geld, das können wir belegen, haben wir nicht einen Pfennig angerührt. Wir nehmen uns nur unsere Gehälter.«

»Für die es Daueraufträge gibt, nehme ich an.« Benno hob abwehrend die Hände. »Ist schon in Ordnung, mich interessiert nur, wie und ob es funktioniert.«

»Es funktioniert nicht«, sagte Martha Niehusen leise.

»Doch, das tut es«, protestierte Grundknecht. »Solange nicht jemand wie er seine Nase hineinsteckt«, dabei warf er Korn einen giftigen Blick zu, »funktioniert es. Und, mein Gott, die paar Jahre noch ...«

Benno zog sich einen Stuhl heran und setzte sich rittlings darauf. »Was mich angeht, so kann ich unseren Klienten mit einer erfundenen Geschichte beruhigen, die dann in der Branche rumgeht und endlich für Ruhe sorgen wird. Und wenn der Freiherr Postkarten schreiben kann, warum dann nicht auch eine Steuererklärung oder ähnlichen Kram ausfüllen? Trotzdem ist es gefährlich, wenn er hierbleibt. Das halten Sie drei auf die Dauer nicht durch.« Er sah die Alten nacheinander an. »Darum mein Vorschlag. Warum schicken Sie ihn nicht ins Ausland?«

»Ins Ausland?«

»Zum Beispiel nach Spanien, viele Rentiers leben dort. Da ist er gewissermaßen in Sicherheit, weit außerhalb jeglicher neugieriger Zeitgenossen. Warum gönnen Sie Baron von Diepenbeck nicht einen Lebensabend auf Mallorca?«

»Ja, genau.« Die Haushälterin stieß Hahn an. »Wo der gnädige Herr doch die Sonne so mochte.«

*

»Mein Gott, dir haben sie aber auch einen auf die Nuss gegeben.« Ganz sanft setzte Christiane einen Kuss auf seine Stirnbeule.

»Die Sau muss 'ne Schüppe genommen haben.« Schröder verdrehte die Augen, als hätte seine letzte Stunde geschlagen, während sie ein Gästehandtuch in essigsaure Tonerde tunkte.

Als er früh am Morgen in die Wohnung torkelte, hatte Chris ihn sofort geschnappt und war mit ihm ins Kruppsche gefahren. Sie hatten ihn geröntgt, aber keine Fraktur oder Schlimmeres feststellen können, nur eine leichte Gehirnerschütterung. Und jetzt lag er auf der Couch und leckte seine Wunden.

»Wieso bist du nicht müde?

Du warst die ganze Nacht auf den Beinen.«

»Wie kann ich schlafen, solange ich dem Kerl nicht den Arsch gehauen hab?« Er versuchte sich aufzusetzen und kippte prompt nach hinten. »Wenn ich mit dem fertig bin, taugt der nicht mal mehr zum Organspender.«

»Liegen bleiben.« Chris legte ihm das Tuch mit der Tonerde auf.

»Ah! Oh … Oh, ja, das ist gut. Ich fühl mich schon wieder imstande, ein kleines Pils zu trinken.«

»Ja, da wart ich drauf.«

»Heißt das Ja?«

»Nein.«

Er maulte ein bisschen vor sich hin, schloss die Augen, um sie im nächsten Moment wieder aufzureißen. »Damit haben wir den Beweis, dass es nicht um Vergewaltigung ging. Ein Triebhafter hätte sich schön bedeckt gehalten, statt mich hinterhältig aus den Schuhen zu hauen. Davon abgesehen, hätte er überhaupt keinen Grund dazu gehabt.«

»Ein Triebhafter wäre auch nicht gerade zufällig auf dieser Baustelle rumspaziert, mitten in der Nacht. Nee, nee«, meinte Chris, machte das Tuch nass und wiederholte die heilsame Prozedur. »Das ganze war als Warnung gedacht, nicht gerade klug.«

»Irgendwer hat da die Nerven verloren.«

»Aber warum hat er dich erst umgehauen, als das mit dem Maschinen klauen längst gelaufen war? Warum hat er dich nicht vorher dran gehindert, auf den Laster zu springen?«

»Weil er da noch nicht auf dem Platz war, ist doch klar.«

»Und warum war er gerade da, als du nach Hause wolltest?«

»Fragen über Fragen.« Wolli knurrte schmerzhaft und stemmte sich auf die Ellbogen. »Ich weiß nur, dass ich mich jetzt in die Falle hau.«

»Und ich kümmere mich um Sliwka.«

Im Aufstehen hielt er inne und zog sie zu sich. »Du, es reicht, wenn sie einem von uns vor den Kopf hauen.«

»Meinen Kopf kriegen sie nicht.«

*

Chris fuhr zum Stadthafen und versuchte unterwegs sowas wie ein Resümee. Auf »Egon Emscher« wird eine junge Frau vergewaltigt, die dort auf der Baustelle arbeitet. Sie erkennt einen, vielleicht auch den zweiten Vergewaltiger, verschweigt das aber, weil sie offensichtlich Angst vor den beiden hat. Die Vergewaltigung selbst dient wahrscheinlich nur dazu, sie einzuschüchtern. Warum? Weiß sie etwas, was sie nicht wissen darf? Und wenn ja, was weiß sie? Dass Leute einer Spedition Sliwka nachts Baumaschinen klauen, wofür sie Tips von Kalli Stuckmann oder auch anderen bekommen? Gut möglich. Chris spürte eine gewisse Enttäuschung. Drehte sich dieser ganze Fall bloß um ein paar geklaute Kompressoren, womöglich um ein bisserl Versicherungsbetrug?

War das Schicksal wirklich so scheiße drauf?

»Und dafür muss Schröder seinen Kopf hinhalten?«

Am Hafen fragte sie rum und fand die Spedition eingekeilt zwischen einer Bahnlinie und einer vergessenen Kohlenhalde, die oben drauf schon ganz grün war und aus deren Brocken kleine Birken wuchsen. Am Tor gab sich ein Bretterverschlag als Pförtnerhäuschen aus, drinnen saß ein alter Kerl und las Bildzeitung.

Sie trug ihren Wunsch vor, der Kerl zeigte mit dem Arm in Richtung eines flachen Gebäudes, über dem der Firmenschriftzug prangte, und sie fuhr auf den Hof. Kaum ausgestiegen, kam ein Mann aus dem Büro, sah sie und blieb mit einem Fragezeichen im Gesicht stehen. Er war mittelgroß, schlank und blass und hatte rötliche Haare. Auch auf den Armen, denn trotz der Kälte waren seine Hemdärmel hochgeschoben. Er war Chris auf Anhieb unsympathisch, nicht nur wegen der rötlichen Büschel, die von seinen Armen abstanden.

»Kann ich was für Sie tun?«

»Ja, ich hab gehört, Sie lagern auch ein?«

»Seit neunzehnhundertsiebzehn«, grinste er und deutete auf das Firmenschild.

Frau Ullmann grinste ein bisschen mit. »Ich muss den Haushalt meines verstorbenen Vaters auflösen, kann aber nicht alles bei mir unterbringen.« Dabei suchte sie in ihrer Umhängetasche nach einer passenden Visitenkarte und drückte sie ihm in die Hand. »Sabine März«, stellte sie sich vor, steckte aber schön die Hände in die Manteltaschen. Ihm die Hand zu geben, stellte sie sich nicht angenehmer vor, als in einen Sack Pythons zu greifen.

»Jürgen Sliwka.«

»Ach, dann sind Sie der Chef hier?«

»Juniorchef.« Er warf einen Blick auf die Karte. »An wieviel Kubikmeter dachten Sie denn?«

»Tja, wieviel? Insgesamt sind das drei Zimmer. Gut voll, würde ich sagen. Eigentlich wollte ich mir erst mal ansehen, wie die Möbel gelagert werden. Da sind ein paar wertvolle Stücke drunter«, fügte sie hinzu.

»Na, dann kommen Sie mal mit.« Er ging voran zu einem Lagerhaus, das so aussah, wie Wolli es beschrieben hatte. Das Tor stand jetzt auf, ein Laster mit Plane war nicht zu entdecken.

Während er redete und erklärte und sie so tat, als lausche sie seinem Reden und Erklären, öffnete er nacheinander die Türen von Verschlägen und ließ sie hineinsehen. Klemmende Rolltore wie in dem Lager, wo Hannibal Lecter sein makabres Hab und Gut verstaut hatte, waren leider nicht dabei. Auch kein menschlicher Kopf in Spiritus, und erst recht standen nirgendwo geklaute Baumaschinen rum. Die waren wahrscheinlich längst woanders zwischengelagert oder auf dem Weg nach Po ... Keine vorschnellen Vorurteile, Frau Ullmann.

Dass er mit Reden aufgehört hatte, merkte sie erst jetzt.

»Tja«, sagte sie mit abschließendem Rundumblick. »Ich lass mir das dann mal durch den Dingens, den Kopf gehen und meld mich wieder.«

»Tun Sie das.«

Ob er enttäuscht war, dass sie nicht sofort einen Vertrag unterschrieb, war ihm nicht anzumerken. Dem war so schnell überhaupt nichts anzumerken, gestand sie sich ein, während sie ins Auto stieg. Und ihre falsche Visitenkarte hatte er auch. Hoffentlich kam er nicht auf die Idee, die erfundene Telefonnummer darauf anzurufen.

»Das war ein bisschen unüberlegt von dir«, sagte sie sich und fuhr los.

Der Pförtner winkte, im Rückspiegel wurde das Tor kleiner. Das war's dann wohl.

In der Kurve kam ihr ein Lastwagen mit Plane entgegen. Im Vorbeifahren sah Chris, dass er keine Firmenbeschriftung trug. Der Wagen heute Nacht hatte auch keine gehabt. Was nichts, absolut nichts hieß.

Trotzdem wendete sie und fuhr hinter ihm her.

Und ihr Herz, ihr kleines, machte einen Sprung, trunken vor Glück, als der Laster in Sliwkas Hof fuhr.

Sie fuhr rechts ran, weit genug weg, dass der Pförtner sie nicht bemerken konnte und beugte sich aus dem Seitenfenster.

Doch nein, diesmal fuhr der Wagen nicht in eine Halle und es ging auch nicht sofort ein Tor hinter ihm runter. Er hielt ganz einfach auf dem Platz und zwei junge Männer stiegen aus und gingen zum Büro.

Knurrend wendete Chris, fuhr los und…ging voll in die Mittelpedale. Den Oberkörper halb aus dem Fenster, guckte sie nochmals hin. Einer der beiden Männer zog das rechte Bein nach.

*

Bennos Geschichte war so simpel, dass Faßmann sie schluckte, ohne groß nachzufragen.

»Baron von Diepenbeck ist krank. Ziemlich krank sogar.«

»Ach?«

Benno schickte noch zwei Fremdwörter hinterher, die er im Pschyrembel nachgeschlagen hatte und die mit dem Daumen in Richtung Alzheimer wiesen. Von ihm sei nicht mehr viel zu erwarten, überdies sei an seine Ohren gedrungen, der alte Mann wäre dabei, sich in ein Altersdomizil in Spanien zurückzuziehen. Und dass Faßmanns Kunde zwei dieser Blütenvasen bekommen hatte, könne nur ein Zufall sein. Ob Faßmann mal daran gedacht habe, sein Kunde sei vielleicht fremdgegangen und würde sich dessen jetzt schämen? Damit log er ihn nicht mal an, denn nach Bennos Meinung musste es sich so oder ähnlich zugetragen haben.

Damit war die Sache vom Tisch. Er versprach Endabrechnung und Abschlussbericht, gab artig die Hand und machte, dass er raus kam.

Sein Gepäck hatte er bereits im Auto und für den Abend eine Verabredung mit Nora für ein Grieg-Konzert im Festspielhaus Recklinghausen. Wurde Zeit, dass er mal wieder vor die Tür kam, ohne gleich jemandem hinterherzufahren oder heimlich Fotos zu knipsen. Da es bis zu diesem erfreulichen Termin noch einige Stunden Zeit waren, fuhr er ins Büro.

Beim Hereinkommen wirbelte ihm Lord Pips durch die

Beine. Anscheinend hatte sich während seiner Abwesenheit einiges getan. »Na, komm mal her, du Racker.« Er nahm den Hund auf, kraulte ihm den Hals und ging mit ihm zum Kühlschrank, wo er ihm eine Zwischenmahlzeit heraussuchte.

Lord Pips sprang die Wurstscheibe an, verbiss sich in ihr und schüttelte sie wie ein Löwe die frischerlegte Antilope. Womöglich hatte Wolfgang Recht und mit dem Hund stimmte innen drin was nicht.

Nebenan saß Schröder auf der Couch, eine Kompresse um die Stirn geschlungen, und trank eine Dose Bier.

»Lass mich raten. Beim dreißigsten Pils hat's dir den Schädel auf die Theke gedengelt.«

»Wasch dir die Hände, du hast den Hund angefasst.«

Benno zog eine sandgestrahlte Halfbent aus dem Hosenbund, stopfte sie und erzählte, was er erlebt hatte.

Schröder holte eine weitere Dose Pils, riss sie auf und erzählte, was er und Chris erlebt hatten.

Lord Pips keifte giftig die Tür an, sprang, als sie sich öffnete, los, verfehlte Chris um Haaresbreite und flog jaulend in den Flur, wo er mit einem »Dong!« vom Schirmständer abprallte.

»Es ist genetisch«, erklärte Schröder auf Bennos Blick hin.

Chris fegte herein, den Kopf halb zum Terrier, halb zu Schröders Bierdose und sprudelte über. »Einer von Sliwkas Leuten zieht ein Bein nach, genau wie der Kerl, von dem diese Gitte erzählt hat. Tach, Benno, alles klar? Und wisst ihr, was ganz hart ist? Sliwka arbeitet auf »Egon Emscher« und übernimmt da Erdtransporte. Bin gerade dagewesen und hab seine LKWs gesehen, in diesem Fall welche mit Firmenaufschrift. Na? Zufall?«

Unwillkürlich war Schröder aufgestanden, er torkelte ein bisschen, fing sich aber. »Der Kerl mit dem Bein, weißt du, wer das ist?«

»Stell mir die Frage in ein paar Stunden noch einmal.«

*

Schädel hin, Kompresse her. Er ersetzte das Ding durch ein Pflaster. Aber auch nur, damit ihm nicht jeder vor das schwellende aufgeplatzte Horn glotzte. Gab schließlich noch so was wie Stolz.

Kurz nach drei stand er hinter einer winterkahlen Baumgruppe, oberhalb einer Straßeneinbuchtung, wo sie den BMW zwischen abgestellten Trucks geparkt hatten, und beobachtete Sliwkas Speditionshof durchs Fernglas.

Da war nicht viel zu sehen. Von einem, der das Bein nachzog, am allerwenigsten. So blieb Zeit für Privates. Zum Beispiel für die Frage, was das für eine Schnepfe war, die einen so nachhaltigen Eindruck auf den Dicken machte, dass er sich heute Abend in die gute Hose zwängte, um sich mit ihr in einen Konzertsaal zu hocken – eine Vorstellung, bei der sich Schröders Gehirnerschütterung zurückmeldete. Was war das für eine Frau, deren Namen Benno mit Betonung aussprach. Nora! Ein Weib, zweihundert Pfund schwer, mit Brüsten wie Sofakissen, das ihn um die wurstigen Finger wickeln würde wie eine gekochte Lakritzschnecke. Der Dicke kam offensichtlich in die Wechseljahre und wurde panisch.

Ein Schritt, ein halber Schritt, angedeutetes Schleifen. Da unten wurde ein Bein nachgezogen! Wolli stellte die Linsen nach. Der Typ, der da mit einem Leinenbeutel über der Schulter auf den Hof trat, mochte Ende zwanzig sein, ein Südländer, schwarze Hartfaserfrisur, scharf gescheitelt, Schnurrbart bis zu den Mundwinkeln. Falls Sliwka nicht nur orthopädische Problemfälle auf der Lohnliste hatte, musste das der Kerl sein. Er ging auf einen Uralt-Ford zu, aus einem Schuppen kamen zwei Typen und winkten ihm zu. »Tschö, Leo.« Leo rief was zurück und schloss den Ford auf.

Schröder rutschte auf den Hacken den Hang runter zum

Auto, in dem Chris saß und telefonierte. »Nein, Oma Lene. Ich weiß auch nur, dass sie Nora heißt. Du, Wolfgang kommt, wir müssen los. Ja, ich denk dran. Bis dann.«

»Warum zeigt er kein Foto von ihr?«, wollte Schröder wissen. »Ist sie zu schön oder zu hässlich?«

»Mein Gott, die kennen sich doch erst seit ein paar Tagen. Hab ich dir vielleicht nach einer Woche ein Foto von mir gegeben?«

Er stutzte merklich. »Ich hab bis heute keins.«

»Na, siehst du.«

»Übrigens, Hinkebein heißt Leo.«

»Aha, ist er das?« Damit deutete sie auf den Ford, der sich unter erheblicher Lärmentwicklung und mit schwarzem Gewölk hinterm Auspuff aus dem Tor schob.

»Das ist die Sau.«

Als er sie passierte, ließ Chris den Kamerawinder sirren. »In dubio pro Leo. Oder ist schon bewiesen, dass er dabei war?«

Schröder wartete, bis der Wagen vorbei war und fuhr los. »Genau das ist der Punkt bei euch Liberalen. Ihr sucht andauernd jemanden, den ihr verstehen und verteidigen könnt. Aus diesem ideologischen Sumpf sind Gewürme wie politische Korrektheit und täterbezogene Rechtsprechung gekrochen.«

»Ich bin nicht liberal, ich bin nur nicht faschistoid.«

»Oh Gott, dieser arme Sittlichkeitsverbrech… Nein falsch, diese arme sozial auffällig gewordene Problemperson«, machte Schröder unbeirrt weiter. »Vater war Trinker, Mutter ging auf den Strich, siebzehn, nein, achtzehn, neunzehn Geschwister am Tisch. So welche kriegen in unserer rein leistungsorientierten Ellbogengesellschaft doch keine Schnitte. Und überhaupt, was treibt sich das sogenannte Opfer denn auch nachts da rum, he? Als Frau, in so einer Gegend? Wahrscheinlich noch geschminkt, Rock bis zum Hintern und voll den Hüftschwung drauf. Diese jungen Dinger fordern es doch geradezu heraus.«

Chris beugte sich herüber und drückte einen Finger auf sein Pflaster.

»Au!«

Von der Gladbecker Straße ging es auf den Emscher Schnellweg.

»Ich hoffe, der fährt nicht bis Dortmund durch, ich hab nicht vollgetankt.«

Er fuhr nicht bis Dortmund durch, aber Herne-Baukau wurde es schon. Dann ein Stück am Schloss Strünkede vorbei und links ab vorm Kraftwerk mit dem wuchtigsten Kühlturm des Ruhrgebiets. Im Schatten dieser bombastischen Scheußlichkeit duckten sich Mehrfamilienhäuser, die vor dieser Kulisse wie zu heiß gewaschen und eingelaufen aussahen. Satellitenschüsseln in jeder Fensterbank, flatternde Wäsche auf karstigen Rasenstücken, aufgebockte Autos ohne Türen. Vor dem hässlichsten Bau, von dem klischeegerecht der Putz bröckelte, stand ein Rudel dicker Frauen, Kopftücher auf, Säugling auf der Hüfte, und schnatterte ohne Punkt und Komma. Während Hinkefuß ausstieg und Chris eine weitere Fotoserie anfertigte, fuhr Schröder vorbei und hielt ein Stück weiter, wobei er den Rückspiegel nicht aus den Augen ließ.

»Wer geht fragen?«, fragte Chris.

»Kannst du Türkisch?«

»Du bist doch sonst so kreativ.« Sie hangelte nach dem Fernglas und lehnte sich damit über den Sitz. Nahm dann ihr Handy, suchte Renneckes Kurzwahl, wie Wolli erkannte und verlangte Pelldorf. »Ullmann, tach Manni. Ich brauch mal 'ne Halterabfrage.« Sie gab ihm das Kennzeichen durch und spitzte den Mund in Richtung Schröder.

Wäre er auch drauf gekommen. Nicht sofort vielleicht, aber drauf gekommen wär er auch.

»Er heißt Carneiro, Leonardo Carneiro, sechsundzwanzig, Portugiese mit Arbeitserlaubnis. Soviel zum Türkischen.«

»Wenn du mich lieben würdest«, sagte Wolli und wendete, »würdest du mich nicht ständig verhöhnen.«

»Aber ich liebe dich doch, ich steh nun mal auf naive Kerls.«

*

Sechs der Fotos hatten Passbildqualität, was nicht anders zu erwarten war, wenn Frau Ullmanns Finger auf dem Drücker lag.

Bei Einbruch der Dunkelheit fuhr sie zur geilen Gitte und hielt sie ihr unter die Silberringe.

»Ist er.«

»Da sind Sie sich vollkommen sicher?«

»Hör mal, wenn ich sag, das isser, dann isser das, ja?«

»Würden Sie das unter Umständen vor einem Gericht beeiden?«

Einen Moment verlor Gitte die Kontrolle über ihre Kiefernmuskulatur. »Vor Gericht. Eh, macht jetzt kein Scheiß, ja? Mit Bullen und so will ich nix zu tun haben. Ich wollt nur helfen.«

»Also, das ist er?«

»Ja! Und jetzt verpiss dich, Alte.«

Die Alte verpisste sich.

Am nächsten Morgen fuhr Schröder, obwohl Benno und sie dagegen waren, bei Hanowski vorbei und steckte ihm die Sache mit Sliwkas Leuten, die hier nachts geklaut hatten. Hanowski bedankte sich, und falls Schröder mal 'ne Einfahrt gepflastert haben wollte oder sonst was, solle er sich melden. Das ginge dann auf lau.

Frau Ullmann wäre es lieber gewesen, ihm die Recherche in Rechnung zu stellen. Es kam ihr so vor, als hätte sie das Fakturier-Programm schon seit Wochen nicht mehr angeschmissen.

Nachmittags traf dann endlich das Ergebnis der Blutproben-Untersuchung ein. Kalli Stuckmann hatte wirklich Gruppe 0 Rhesus-negativ. Nur war Kalli leider nicht mehr greifbar. Und für einen Haftbefehl oder gar Suche über Interpol, meinte der schnell befragte Joschi Bender als Anwalt, reiche das Material nicht aus. »Davon kriegt der Staatsanwalt nicht mal 'en Jucken in der Hose.«

Schröder beschloss, wie nicht anders zu erwarten, es auf die harte Tour zu versuchen und fuhr am frühen Abend nach Herne. Um das Schlimmste zu vermeiden, fuhr Benno mit.

Carneiro wohnte unterm Dach und hatte kaum geöffnet, als Schröder sich an ihm vorbei in die Wohnung drängte. »Schröder, Kriminalermittlungen. Mein Kollege Korn.«

»Kriminal ... bolissei?«

Benno wollte was entgegnen, schwieg aber auf des Chefes stechenden Blick.

»Es geht um eine Alibiüberprüfung«, schnarrte Wolfgang Schröder, präsentierte kurz seinen völlig wertlosen Ausweis vom Detektivverband und ging bis ins Wohnzimmer durch.

Es war eine kleine Wohnung und so sauber und ordentlich, wie es die siffige Bausubstanz nur irgend erlaubte. Carneiro, von nahem ein schmaler Typ mit hilflosen Augen, lief mit ausgebreiteten Händen zwischen ihnen her und schien nichts zu begreifen.

»Wo waren Sie am Abend des neunten März, und zwar von fünfzehn bis zwanzig Uhr? Das war ein Dienstag.«

»Ich ... nicht weiß.«

»Mann«, bellte Schröder und baute sich vor ihm auf, dass der Portugiese an ihm hochgucken musste. »Denken Sie nach. Es geht um Ihren Kopf.«

Benno juckte es in den Fingern, Wolli ein bisschen zu hauen.

»Kopf?« Carneiro bestand nur noch aus fragenden Augen.

Schröder atmete tief durch die Nase und machte den Gestapo-Blick. »Sie stehen im dringenden Verdacht ...«

Na na na, dachte Benno.

»... eine Praktikantin auf dem Gelände ›Egon Emscher‹ misshandelt und vergewaltigt zu haben.« Und fügte allen Ernstes hinzu: »Sie haben das Recht, Ihre Aussage zu verweigern. Aber das würde zwangsläufig gegen Sie sprechen.«

Carneiro starrte ihn an, schluckte, dass ihm der Adamsapfel vom Halsansatz bis hoch unter den Kiefer knallte und sackte in einen Sessel. »Ich?«

Mit beiden Händen stützte Schröder sich auf die Lehnen und näherte sich ihm sehr ernst. »Also überlegen Sie bitte sehr gründlich.«

Der Blick des Portugiesen schlingerte durch den Raum. »Neunte März, Dienstag. War ich hier.« Er sah von Wolli zu Benno. »Bin immer hier. Teure Stadt, ich nich' Geld für Bier.«

»Wolfgang«, mahnte Benno leise.

»Was denn, was denn?«, fragte Schröder mit schnellem Seitenblick, und zu Carneiro, der aussah, als würde er sich am liebsten ein Loch ins Polster bohren, um darin zu verschwinden: »Wir werden das nachprüfen.« Er richtete sich auf, ging zur Tür und drehte sich um. »Ach, noch was. Wir brauchen eine Blutprobe.«

Der Mann wurde aschfahl.

»Haben Sie mal 'ne Nadel da?«

Benno Korn verließ die Wohnung, stieg die Treppe runter und stellte sich vors Haus, wo kleine dreckige Kinder und wohlbeleibte Frauen ihn unverhohlen misstrauisch beäugten. Konnte er ihnen nicht verdenken.

Er hatte gerade eine polierte Stecker-Bent mit einer Mischung auf Burleybasis gefüllt, da kam Schröder aus dem Haus, einen Gefrierbeutel mit einem Tempo darin in der Hand.

»Okay, ich geb zu, ich hab ein bisschen überdreht«, sagte er und stieg ins Auto.

»So was gehört sich nicht. Der Junge hat sich fast die Hosen braun gemacht.«

»Jajaja.« Schröder startete und warf die Gefrierbeutel nach hinten. »Brauchst es gar nicht erst auszusprechen. Es geht nicht vorwärts und das macht mich sauer. Sehr sauer.« Der Wagen machte einen Satz nach vorn, dass die Siedlung im Rückspiegel hinter einer Staubwolke verschwand.

»Zu welchen Einsichten du plötzlich in der Lage bist.«

»Man wird älter.« Er boxte ihm den Ellbogen in die Rippen. »Komm, lach mal. Immerhin haben wir 'ne Blutprobe von dem Kerl.«

»Was den angeht.« Paffend überprüfte Benno den Zug seiner Pfeife. »Der war es nicht. Will sagen, Carneiro ist unschuldig wie 'ne Nonne an der Niederkunft.«

»Tja.« Eine Weile sagte Wolli nichts. »Vom ersten Eindruck her … Nee. Trotzdem, wir fahren jetzt beim Klinikum vorbei.«

»Wegen der Blutprobe? Das wird dann aber teuer.«

»Egal, Benno. Auf die Düsseldorfer warte ich nicht noch mal tagelang. Der Fall lechzt nach Auflösung.«

Übers Handy erwischte Benno Fiffi Mausthaler, der natürlich und tatsächlich jemanden vom Klinikum kannte, der einen vom Labor kannte, der das eventuell machen konnte. Bis Schröder den BMW in die Abfahrt Essen-Nord katapultiert hatte, rief Mausthaler zurück und nannte Benno den Namen des Knaben.

»Wann fängt die Sache eigentlich an, sich für mich zu lohnen?«

»Du kriegst 'ne Riesenstory«, rief Schröder in die Freisprechanlage.

»Worum geht es denn?«

»Weiß ich noch nicht.«

Kurz vor acht trafen sie vorm Parkhaus der Uniklinik den

Bekannten von Fiffis Bekannten. Und nachdem ein etwas größerer Geldschein durch die Abendluft gereicht worden war, versprach der, die Untersuchung noch heute Abend durchzuführen.

»Geld«, sagte Schröder großartig. »Geld regiert die Welt.«

»Schröder, lass die Finger von der Philosophie.«

*

Christiane wischte dem Terrier gerade die Chappireste aus den Augen und hob ihn ins Hundekörbchen, als die Tür rumste und Schröder hereinpolterte.

»Und? Wie war es bei Carneiro?«

»Benno meint, er ist unschuldig. Mann, hab ich Kohldampf.« Auf dem Weg zum Kühlschrank stutzte Wolli und zeigte auf den Hundekorb, in dem Lord Pips artig auf den Hinterpfoten saß. »Wollen wir verreisen?«

»Erraten!«

»Mit dem Auto?«

»Richtig.«

»Mit deinem.«

»Hatte ich eh vor. Oma Lene hat sich breitschlagen lassen, auf den Hund aufzupassen. Kommst du mit?« Sie schnappte sich ein paar Akten.

Freude und nix als Freude überzog Wollis Gesicht. »Ich liebe diese Frau. Vom ersten Moment, in dem sie in mein Leben trat, habe ich sie geliebt und werde nicht aufhören sie zu lie ...«

»Ganz ruhig, Schröder.« Sie legte ihm die Hand auf die Schulter. »Ich bin's, die Chrissi. Niemand schickt dich zurück in die Anstalt.«

Schröder knurrte einen Satz, in dem was mit »eines Tages ...« vorkam.

Auf der Steeler Straße staute sich zweibahnig der Feierabendverkehr und an der Kreuzung vor dem Wasserturm, da wo die Straße aufgerissen wurde, war die Ampel ausgefallen. Chris rechnete mit vier Stunden Fahrt bis zum Birkenhof.

Jedoch, dem Schicksal, diesem launigen opaken Wesen, reichte das bei weitem nicht. Wolli hatte kaum neben ihr Platz genommen, mit einer Hand den Hundekopf in den Korb drückend, als es passierte. Beziehungsweise, als es nicht passierte. Es gab ein trockenes Klicken und das war auch schon alles, was der Zündschlüssel auslöste.

»Und ich sag noch, Schröder sag ich, da stimmt was nicht mit meinem Anlasser. Und Schröder sagt: »Da kümmere ich mich morgen drum.« Und was tut Schröder? Nichts. Und was macht mein Anlasser?«

»Nichts«, sagte Schröder. Sekunden später fuhr sein Kopf herum zu ihr. »Nein!«

»Wolfgang, es wird uns nichts anderes übrig bleiben.«

»Nein. Wir rufen uns ein Taxi.«

»Im Feierabendverkehr, bei dem Chaos hier? Wann soll es eintreffen, kurz vor Mitternacht?«

»Nein.«

»Wolli …«

»Niemals! Nie! Nie! Nie!«

Zwei vorbeikommende Passanten schielten ins Auto.

»Nun lass mich doch mal aus …«

»Nein!«

»… reden. Wir legen eine Decke drunter und eine zweite für die Rückenlehne, du setzt dich daneben, die Hand in seinem Nacken wie jetzt, und wenn er brechen muss, drückst du ihm den Kopf in den Korb. Was soll da schiefgehen?«

»Ich weiß es nicht. Genau das ist es ja. Er macht es jedesmal anders, er kotzt ohne jedes System. Aber er kotzt. Und zwar immer nur in mein Auto, nicht in Bennos, nicht in deins, nicht in Verenas, nur in meins. Er würde Flugreisen überstehen oder holprige Kutschfahrten, Expressaufzüge, was sag ich? Schnall ihn auf ein Motorrad, pack ihn in die Achterbahn, er wird keine Miene verziehen. Doch sobald er eine Pfote in mein Auto setzt, steigt ihm die Mocke in die Backen. Dieses Tier wurde einzig und allein zu dem Zweck in die Welt gesetzt, um mein Auto vollzugöbeln. Und darum sage ich es mit aller Deutlichkeit ...«

»Nein«, vermutete Chris ins Blaue hinein.

»Richtig.«

Lord Pips fiepte leise und guckte von einem zum anderen.

»Schnauze.«

Chris lächelte verkrampft, ihre Finger spielten Klavier am Lenkrad.

Hupend schob sich die Blechkarawane einen halben Meter weiter.

Schröder starrte entschlossen geradeaus.

»Wir nehmen eine Plastikwanne, fesseln ihm die Beine, und decken alles mit Frischhaltefolie ab. Bis er die Wanne voll hat, sind wir auf dem Birkenhof.«

»Ist mir zu unsicher.«

Nur die Ruhe. »Wir leihen uns von Bruno den Dachgepäckträger und seine Gepäckbox. Zusätzlich schließen wir alle Fenster und ich bleib nicht unter siebzig, dann fliegt das Zeug nach hinten weg.«

Es gab noch mehr Alternativen.

Schließlich, es ging auf sieben zu, hatten sie alle durch und Schröders Magen machte Geräusche, dass sich Spucke sammelte. Sie machten es so, wie Chris am Anfang vorgeschlagen hatte.

Sie wechselten in den BMW, Frau Ullmann nahm die hintere Hofeinfahrt und umging auf Schleichwegen das abendliche Verkehrschaos.

Alle zwanzig Sekunden, wenn nicht öfter, sah sie in den Rückspiegel.

Lord Pips saß manierlich in seinem Korb, hechelte und sah aus dem Fenster hinaus. Schröder, angespannt wie ein Todeskandidat auf dem Elektrischen, hatte die Hände gespreizt, bereit, sofort zuzupacken.

Sie fuhren den Bredeneyer Berg runter, Christiane nahm Gas weg.

Sie fuhren an der Abtei hoch, Christiane beschleunigte sanft.

Nichts passierte.

Noch nicht.

Die Serpentine runter zum Hespertal nahm Chris beinahe im Schritttempo.

Schröder atmete schwer.

Als sie die Kurve bei der »Schmerzhaften Mutter Maria« hinter sich gebracht hatten – Chris schauderte in Gedanken an ihren Traum – dachte sie einen Augenblick lang, es könnte gut gehen.

Zwanzig Meter vor der Einfahrt zum Birkenhof machte es »börps«, Chris ging in die Eisen, gleichzeitig riss Schröder die hintere Tür auf, den Korb schon halb draußen ... da fing der Hund an zu fiepen.

»Er blufft«, sagte Wolli misstrauisch.

Vorsichtig, den Schlaglöchern auf dem Feldweg ausweichend, fuhr Chris auf den Hof.

Mit einem Satz war Schröder draußen, riss den Hundekorb an sich, ließ ihn zu Boden fallen und knallte die Wagentür zu. »Geschafft!« Er bemerkte erst jetzt die atemberaubende weißblonde Frau, die neben Oma Lene und Benno an der Haustür stand und dem Ganzen mit einem fragenden Lächeln zugeschaut hatte.

Lord Pips sprang aus seinem Körbchen, wetzte auf sie zu und sprang kläffend an ihr hoch.

»Ja, wer bist denn du?« Schon hob die Frau ihn mit beiden Händen hoch.

»Vorsicht«, schrie Schröder. »Ihre Bluse!«

Allein, der Hund leckte ihr die Nase.

Sie setzte ihn ab und reichte Chris die Hand. »Ich bin Nora.«

Schröder staunte sich den Mund offen.

»Der mit den Zahnreihen an der frischen Luft ist Wolfgang«, stellte Christiane vor.

»Dat iss unsern Wolli«, erklärte Oma Lene und stolz fügte sie hinzu: »Mein Geschäftsführer. Jung, da habense dir aber auch 'ne Beule verpasst.« Und zu Chris: »Hasse schon mit essigsaure Tonerde versucht?«

Chris nickte. »Sonst säh er längst aus wie ein junges Einhorn.«

Inzwischen umrundete Schröder die weißblonde Frau und taxierte sie ungeniert. »Wieviel hat er dir gezahlt, dass du mitgekommen bist?«

»Finger weg«, sagte der Dicke. »Das ist Benno seins.«

Schon auf den ersten Blick war Nora eine nette Frau. Auf den zweiten Blick war sie sogar noch netter.

»Seid ihr eine Familie, also Mutter und Kinder?«, fragte sie, als alle hintereinander ins Haus marschierten.

»Oh oh oh«, machte Schröder. »Ganz wunder Punkt. Wir haben nämlich alle verschiedene Väter, stimmt's, Oma Lene?«

Und bekam einen verlegenen Rippenstoß von ihr. »Nee nee, die haben sich im Laufe der Zeit so angesammelt. Gehören noch 'en paar dazu, Irmchen und Petra und de Hannes. Wirsse alle noch kennenlernen.«

Während Lord Pips wie bescheuert durch die Wohnung raste, er machte das immer so, wenn er irgendwo reinkam, spinste Schröder in die Küche und fand anscheinend den Tisch abgedeckt. »Oh, ihr habt schon gegessen?«

»Hasse Hunger?«

»Naja, Christiane hat wieder mal nicht gekocht.«

Christiane legte die Akten auf den Wohnzimmertisch und ging mit ausgestrecktem Zeigefinger auf sein Pflaster zu.

Äußerst hastig verschwand Schröder in der Küche, kurz darauf hörte man die Kühlschranktür. Und wiederum kurz darauf ein Quieken und: »Geh ich etwa an deinen Napf, Kotzer? Also, verschwinde, bevor ich dich zwischen zwei Toastscheiben stecke.«

Stumm fragend hob Nora die Schultern.

»Es dauert, bis man Wolfgangs Charme erkennt«, sagte Benno, entkorkte eine offensichtlich mitgebrachte Flasche Chablis und goss reihum ein.

»Und dann ist es meist zu spät.« Chris schnappte zwei gefüllte Weingläser und zog sich mit Akten und Oma aufs Sofa zurück. »Um es vornweg zu sagen, der neue Fall ist zugleich ein Sozialfall. Die Mutter von dem Mädchen hat nur eine Halbtagsstelle und Wolfgang und ich meinten ...«

Nora ließ die Schultern gleich oben.

Den Finger an die Lippen legend, führte Benno sie nach nebenan in die Küche. »Was bei Krupp der Cromme, ist bei uns Oma Lene.«

»Du hast wirklich eine tolle Famile, wenn es auch keine echte ist«, sagte Nora.

»Wenn du willst, kannst du dazugehören.« Er stieß mit ihr an.

»Hab ich Bedenkzeit?«

»Dreißig Sekunden.«

Für einen Moment sahen sie nur sich.

Von der offenen Kühlschranktür her summte Wolli mit kauenden Backen den Soundtrack von »Titanic«.

»Hör nicht auf ihn«, sagte Benno.

»Jack! Nein, Jack, was machst du?«

Genervt sah der Dicke auf.

Schröder hielt mit beiden Händen den zappelnden Hund über den Rand des Spülbeckens. »Wenn du über Bord springst, springe ich auch.« – »Nein, das darfst du nicht!« – »Doch, ich tu es, weil ich dich liebe.« – »Nein, Jack!« Er ließ den Terrier in die Spüle fallen und schlug entsetzt die Hand auf den Mund. »Oh, mein Gott! Er hat es getan!«

Erst zitterte Nora nur, dann prustete sie los.

»Sorry«, lächelte Schröder. »Ich fand es romantisch. Ihr habt so ein schönes Bild abgegeben.«

Mit giftigem Knurren kam Lord Pips auf die Beine, jagte über den Geschirrständer ... Nicht! Da geht es runter! ... stoppte mit quietschenden Pfoten, schnellte über die Kante, überlebte auf wundersame Weise und zischte wie vom Bogen geschossen übers Linoleum ins rettende Wohnzimmer.

»Schröder«, kam es von nebenan. »Was hast du jetzt wieder mit ihm gemacht?«

»Was denn, Spatzi?«

»Im Übrigen«, Nora sammelte Luft, »springt er nicht. Sonst wäre »Titanic« nur bei den Oberhausener Kurzfilmtagen gelaufen.«

»Du gefällst mir«, sagte Schröder. »Schon mal dran gedacht, ins Sicherheitsgewerbe zu wechseln?« Sein Handy klingelte, er pflückte es aus der Tasche. »Ja.« Nach ein paar Sekunden beendete er das Gespräch und sah Benno an. »Der Typ vom Klinikum. Carneiros Blutgruppe ist A Rhesus-positiv.«

»Und taucht somit nicht im Polizeibericht auf«, vermutete Benno.

»Richtig.«

»Dann hat er mit der Vergewaltigung nichts zu tun.«

»Wieder richtig. Und da an dem fraglichen Abend nichts geklaut wurde, sagt Hanowski jedenfalls, frage ich mich, was Carneiro da wollte.« Wolfgang Schröder entdeckte eine Flasche Export, besser als nix, öffnete sie mit seinem Feuerzeug, rumste die Kühlschranktür zu und nahm einen befreienden Schluck.

»Wenn er überhaupt da war. Wenn er überhaupt mit den Diebstählen zu tun hat.« Benno rückte zwei Stühle heran, bot einen Nora an und hockte sich auf den anderen. »Von wem stammt eigentlich der Tip?«

»Von 'ner Hure«, kam Christianes Stimme aus dem Wohnzimmer.

»Also, so wat«. Oma Lene.

»Gitte«, nickte Schröder. »Sie sagt, sie hat ihn mit einem zweiten Kerl weglaufen sehen.«

»Soso«, machte Benno.

Nora sah zwischen den beiden hin und her. Sie war diskret genug, sich jetzt nicht einzumischen.

Schröder überlegte. »Sie sagt, sie sieht einen hinkenden Mann. Kurz darauf führt mich der Diebstahl zu Sliwka und da gibt es einen hinkenden Mann. Ist im Nachhinein schon erstaunlich, wie reibungslos das ging.«

»Du meinst, da hat einer dran gedreht?«

Erst nach einem langen Schluck Bier antwortete Wolli. »Angenommen, der Diebstahl war fingiert ... Warte mal, in der ersten Nacht, in der ich mir da draußen den Arsch hartgefroren hab, da tauchte ein Mann auf und ist zur Gitte in den Wohnwagen. Ich hab mich noch gewundert, wie schnell der abgespr ...« Er unterbrach sich mit einem Blick zu Nora.

»Zum Orgasmus gekommen ist?«, schlug sie vor.

»Mir fiel das Wort nicht ein. Also, der ist höchstens drei, vier Minuten bei ihr gewesen. Lange genug, und das ist jetzt nur 'en Gedanke, um ihr ein paar Scheine zuzustecken. Damit sie am nächsten Tag bei uns aufkreuzt und uns das Märchen von einem der hinkte aufzutischen.«

»Wer?«, fragte Benno.

Der Rest vom Bier musste dran glauben. »Wenn wir alle kennen, die mit der Sache zu tun haben, bleibt nur Hanowski, der Bauleiter.«

»Warum sollte der seine Praktikantin vergewaltigen?«

»Frag ihn und du hast die Anwälte seiner Firma auf der Matte stehen. Bei der Gelegenheit kannst du ihn gleich fragen, warum er mir eine vor den Schädel gegeben hat. Oder aber, wir fragen ...«

»Eben.«

In einer einzigen Bewegung standen die beiden auf.

»Ich sage jetzt den Satz, den sie im Fernsehen immer sagen«, wandte Benno sich an Nora. »Ich muss noch mal weg.«

»Was Gefährliches?«

»Nur mal kurz mit Gitte reden.«

»Die Hure? Kann ich mitkommen?«

Schröder hob die Achseln. »Ist deine Torte, Alter.«

»Was meint er mit Torte, Benno?«, fragte Nora.

»Hör nicht auf ihn, wenn du nicht werden willst wie er.«

*

Chantal war wieder dabei, ihre Möpse zu lüften und trat an den Wagen. Als ihr Blick auf Nora fiel, verzog sie das Gesicht. »Nicht sagen, Schröder. Bist dienstlich hier, oder?«

»Tut mir leid, ist so.« Er stieg aus. »Gib mir 'en Kuss.«

Verwundert trat Chantal ihre Kippe in die Gosse, beugte sich zu ihm und drückte ihm einen Kuss auf die Wange. »So?«

»Oh! Ja. Ja, weiter. Hör nicht auf.«

Sie gab ihm noch einen Kuss auf die Wange.

»Oh, Gott.« Schröder keuchte. »Du warst phantastisch.« Zog einen Hunderter aus der Jacke und reichte ihn ihr mit einer angedeuteten Verbeugung. »Nicht, dass es noch heißt, der Schröder Wolfgang sei ein Schmarotzer.«

»Man muss dich gern haben.«

Benno grinste und sah sich, als eine Tür klappte, um. Aus dem zweiten Wohnwagen kletterte sichtlich benommen ein älterer Mann mit Hut und Mantel. Den Mantel hatte er verkehrt geknöpft, so dass der Kragen im Nacken hochstand und ihm den Hut in die Stirn schob. Hinter ihm stelzte eine eher betagte Dame die zwei Stufen herunter. Sie trug einen Schulranzen auf dem Rücken und ein kurzes Röckchen. Als der Freier die Versammlung in der Nähe bemerkte, war er in Windeseile in der Dunkelheit verschwunden.

»Ja, hallo«, sagte die Dame, die ebenfalls aufmerksam geworden war. »Den Turnlehrer hatte ich gerade, aber in Mathe bin ich auch furchtbar schlecht.«

»Da haben Sie Glück, gnädige Frau«, sagte Benno und zeigte mit dem Kinn auf Schröder. »Mein Kollege ist praktizierender Sadist. Wenn sich seine Tätigkeit bisher auch nur auf Hunde beschränkt hat.«

»Hunde?«

»Ja. So kleine.« Wolli deutete eine Terrierlänge an.

Schneller hatte Benno noch nie jemanden abhauen sehen. In sicherer Entfernung stellte sie sich unter die Bäume, steckte eine Zigarette an und äugte dabei nervös herüber.

Chantal hibbelte in der Kälte und krallte, da die beiden nicht zur Kundschaft gehörten und keine andere in Sicht war, mit der Hand das wärmende Jäckchen über die Milchdrüsen. »Dienstlich also. Aber ich hab nix gesehen, sagte ich ja schon.«

»Nee, geht um Gitte. Ich muss sie mal kurz sprechen.«

»Die kommt nicht mehr.«

Benno fing Schröders Blick auf. »Heut nicht mehr oder überhaupt nicht mehr?«

»Hat angeblich einen Job in Hamburg gekriegt. Ging ziemlich fix, wenn ihr mich fragt.«

»Kann ich mich mal in Ihrem Wagen umsehen?«

»Da ist jetzt die Pemmela drin.«

»Und Pamela ist ...? Er folgte ihrem Blick bis unter die Bäume. Die Dame mit dem Schulranzen drehte ihnen abrupt den Rücken zu. »Die da«, sagte Schröder. »Verstehe. Na, ich red mal ein Wort mit ihr.«

Er ging rüber zu ihr, und Pemmela trat sofort zwei Schritte weiter weg.

Nora, im Auto, gähnte verhalten. Sicher hatte sie sich ein kleines Abenteuer versprochen. Nur gab es auf Straßen wie dieser keine Abenteuer, nur frierende Frauen, die auf falsche Turnlehrer warteten.

Anscheinend wusste Chantal nichts mit ihm anzufangen und ging ein Stück die Straße rauf. Was ihn nicht störte, denn schon während der Fahrt hatte er energischen Harndrang verspürt. Er machte Nora ein Zeichen, dass er sofort zurück wäre und trat ein gutes Stück hinter den Wohnwagen mit den kitschigen Lampen im Fenster. Kaum hatte er einen ersten Strahl ins Unterholz gesetzt, als der ein metallisches Geräusch erzeugte. Benno war so verwundert, dass er seine Bedürfnisse vergaß. Er bückte sich nach dem fremdartigen Gegenstand und bekam einen Holzstiel zu fassen. Beim Herausziehen aus dem Gebüsch entpuppte sich dieser als ein alter Spaten mit Rost am Blatt. Rost und … noch was. Mit einer Hand den Reißverschluss hochziehend, trat Benno mit dem Ding ins Licht. Gleichzeitig mit Schröder, der ohne Pemmela zurückkam und erstaunt den Spaten registrierte.

»Was'n das?«

»Der lag in der Nähe von Gittes Wagen.«

»Da ist ja Blut dran.« Schröder sah Benno an.

Benno sah Schröder an.

»Nee. Ist nich wahr, oder?«

»Hast du sie an dem Abend provoziert?«

»Provoziert. Mein Gott.« In schlecht gespielter Arglosigkeit blies Wolli die Backen auf. »Deswegen muss sie mir doch nicht gleich ...« Er sprach nicht weiter.

»... ein Hörnchen hauen«, brachte Benno den Satz zu Ende. Unter seinem Bart machte sich ein Grinsen zu schaffen.

»Kann das …« Schröder druckste und sah sich um, als ständen Spione in der Gegend herum, »... eventuell unter uns bleiben?«

»Keine Ahnung, wovon du sprichst«, meinte Benno und warf den Spaten zurück in die Büsche.

*

Bei ihrer Rückkehr auf den Birkenhof war Oma Lene schon im Bett und der Hund durch Verabreichung eines zweiten Abendessens in Form von aufgewärmten Möhreneintopf ruhig gestellt. Daher hatte Christiane sich die Freiheit genommen, drüben bei Benno ein Feuerchen zu machen und als sie kamen, saß sie in eine Decke gekuschelt auf einem der beiden Sofas vor dem Bruchsteinkamin.

Bei einigen Flaschen Wein beratschten sie die Ereignisse der letzten Tage und darüber wurde es so spät, dass die »Schröders«, wie Nora es so nett ausdrückte, und sie über Nacht blieben.

Wie nicht zu erwarten – Chris hätte ihre rechte Hand hergegeben, wäre es anders verlaufen – rang Wolli Schröder am nächsten Morgen mit einem Kater im Kingsizeformat und schlief während der Heimfahrt auf dem Rücksitz.

Im Büro blinkte der Anrufbeantworter und als Chris die Wiedergabetaste drückte, hörte sie Fiffi Mausthalers Stimme: »Falls ihr es noch nicht getan habt, werft mal einen Blick in die heutige WAZ. Trotzdem, einen schönen Tag noch.«

Ein ungutes, um nicht zu sagen, ein verdammt ungutes, Gefühl im Bauch, fischte Chris die Zeitung aus der Post und blätterte sich hurtig zum Essener Teil durch. Beim Anblick der Schlagzeile fing Wolli, der in ihrem Rücken mitlas, an zu knurren.

Vergewaltigung aufgeklärt.

Wie kurz vor Redaktionsschluss bekannt wurde, hat in den Abendstunden ein 26-jähriger ausländischer Mitbürger gestanden, die 19jährige Maike J. am Dienstag vergangener Woche überfallen und sich an ihr vergangen zu haben. Gegen Leonardo C. erging Haftbefehl, der gegen eine Sicherheitsleistung in unbekannter Höhe bis zur Verhandlung ausgesetzt wurde.

»Sind die denn Panne?«, bellte Wolli los. »Der Kerl hat A Rhesus-positiv, 'ne Brühe mit der Zusammensetzung ist am Tatort überhaupt nicht gefunden worden.«

»Vielleicht waren es drei Täter.«

»Maike hat gesagt, es waren zwei.«

»Maike lügt, wenn sie Luft holt.«

»Es waren zwei, so steht es auch in der Spurenakte der Grünen. Oder glaubst du, die Kerls haben da an dem Abend 'ne Herrenüberschuss-Party gefeiert?«

»Ich wollte nur die Möglichkeit in Erwägung ziehen.«

»Danke, Frau Ullmann.« Er stürmte in die Dunkelkammer und hatte schon beim Zurückkommen das Blech am Hals. »Ruf Benno an, wir machen Brainstorming.«

»Was willst du jetzt noch unternehmen? Der Fall ist vom Tisch«, sagte Chris, wählte aber trotzdem Bennos Nummer.

»Wann was vom Tisch ist, bestimme ich. Schon vergessen? Ich bin Omas Geschäftsführer.«

»Natürlich werden die das mit der Blutgruppe feststellen, spätestens in der Hauptverhandlung«, überlegte Christiane. »Und dann läuft das so ab, dass Carneiro sich als verwirrt gibt oder sonstwas und … Benno? Der Chef will uns am runden Tisch sehen. Ach so, hast du schon gelesen? Okay.« Sie legte auf und drehte ihren Stuhl zu Schröder, der gerade seine Bierdose würgte. »Auf jeden Fall wird Carneiro freigesprochen und ...«

»… inzwischen ist so viel Zeit vergangen, dass sich kein Schwein, geschweige denn ein Staatsanwalt, noch für den ollen Kram interessiert. Frauen durchprügeln und vergewaltigen läuft bei denen doch ohnehin als Ordnungswidrigkeit. Mann!« Wolli kickte das Altmetall in den Papierkorb, wo es auf anderes Altmetall schepperte. »Und genau das beabsichtigt Hanowski.«

»Du glaubst wirklich, er war der zweite Vergewaltiger?«

»Glauben, annehmen, kann sein. Egal, ob er oder der unbekannte Dritte, ich wette einen Kofferraum Budweiser, dass jemand erst Gitte gekauft hat und nun den Portugiesen. So armen Schweinen brauchst du doch nur mit 'ner Hand voll Tausender zu winken, schon läuft denen der gierige Sabber aus den Mundwinkeln.« Er zog seine Jacke vom Stuhl.

»Darf man fragen, wo es hingehen soll?« Aber das sah sie offensichtlich schon an seinen Augen. »Wolli«, sagte sie sehr ernst. »Ich halte das nicht für eine gute Idee, nein, das tue ich nicht.«

»Ruf inzwischen Joschi Bender an, er soll seine Beziehungen spielen lassen und herausfinden, ob Hanowski Strafanzeige gegen Sliwka gestellt hat. Jede Wette, er hat nicht.«

»Wolli, glaub mir, es ist besser, wenn du hierbleib …«

Doch da war er schon raus.

Der Kater hatte sich im frühmorgendlichen Pils aufgelöst, die Sonne brach durch die Wolken und er fühlte sich relativ gut. Er war nicht mal wütend. Nein. Dass alle Welt ständig daran arbeitete, ihn zu verarschen, war er gewohnt. Warum sollten Hanowski und Co. das anders handhaben? Nein, er wollte nur endlich Klarheit haben. Keine faustdicken Lügen, ob zwei, drei oder dreißig Täter. Keine Laiendarsteller, die ihm komplette Diebstähle inszenierten und ihn wie einen senilen Bluthund auf die Spur setzten, der er dann treudoof nachlief, wie sie es geplant hatten. Er wollte nichts weiter, als dass mal jemand den Mund aufmachte, um was Wahres zu sagen. Und er wollte endlich wissen, worum es überhaupt ging. Und wenn er dem Portugiesen einen Satz Backpfeifen verabreichen musste.

Zwanzig Minuten später, immer auf der linken Spur, die Hand an der Lichthupe, war er in Herne.

Diesmal parkte er vor der Haustür und stob durch die konsternierten Mütter südländischer Abstammung bis hoch unters Dach. Auf sein Klingeln wurde nicht geöffnet.

»Carneiro?« Nix, Carneiro.

Er wummerte gegen die Tür, dass die Schrauben in den Scharnieren tanzten. Dann sah er den Zettel, der mit einer Reißzwecke unter die Klinke geheftet war. »Bin näxte Zeit veraist. L.C.«

Schröder starrte auf den Zettel und fing an zu lachen, und das nicht der Rechtschreibung wegen. Er lachte, dass ihm fast die Tränen kamen.

Die Türkinnen vor dem Haus drängten sich bei seinem Anblick zusammen wie Schafe, wenn der Wolf vorbeischaut.

Vor Lachen kriegte er kaum die Wagentür auf und ließ sich prustend hinters Steuer fallen. Was für ein grunzblöder Runninggag. Irgendwer schien kurzfristig das Nirwana gepachtet zu haben, um all die Leute verschwinden zu lassen.

»Hast du was anderes erwartet«, meinte Benno durchs Telefon, als er ihn anrief. »Da denkt einer im Hintergrund mit.«

»Habt ihr mit Joschi geredet?«

»Yes, Sir. Bisher liegt keine Strafanzeige gegen Sliwka vor. Ist vielleicht auch noch zu früh, wenn du es Hanowski erst vorgestern gesteckt hast.«

»Na, hör mal, Dicker. Wenn mir einer seit Monaten die Baustelle leerräumt und ich krieg raus, wer das ist, dann bin ich doch 'ne Stunde später bei der Trachtengruppe, das glaubst du doch wohl.«

Da er gerade so schön dabei war, den Affen zu machen, fuhr er auf der Baustelle vorbei und fragte Hanowski direkt.

»Hören Sie, Schröder, ich bin Ihnen dankbar. Aber was ich mit dieser Information anfange, ist meine Sache«, sagte der Bauleiter und wirkte mehr als nur leicht genervt.

»Ihre? Ja, kuck an. Und ich dachte, die geklauten Sachen hätten Ihrem Arbeitgeber gehört.«

»Schröder, ich ...«

»Wissen Sie was, Herr Hanowski« unterbrach Wolli ihn. »Ich bin sowieso grad auf Tour, da fahr ich mal fix runter nach Kettwig und erzähl das dem Mehlbaum selbst.« Er wandte sich zum Wagen.

Nach drei Schritten hatte er den Atem des Bauleiters im Nacken.

»Herr Schröder.«

»Ja?« Er war so was von gespannt, was jetzt wieder kommen würde.

»Sie verstehen das falsch. Der Sliwka ist seit Jahren unser Subunternehmer, ein klasse Mann, auf den man sich verlassen kann. Gibt nicht mehr viele von der Sorte. Glauben Sie, da fahr ich solche Geschütze auf?«

»Nicht?«

»Auf dem Bau regelt man das unter der Hand. Wenn Sie verstehen.«

»Jaja. Natürlich versteh ich das, klar. Hätte ich selbst drauf kommen sollen, was?« Er klopfte ihm lächelnd vors Hemd, stieg ein und fuhr los.

»Das war die letzte Lüge, die du mir untergerieben hast«, knurrte er, während er den Wagen in Richtung City jagte. »Dich mach ich so alle, dass du glaubst, dir geht 'en Nierenstein ab.«

*

Bei einem zweiten Frühstück und vorgezogenem Mittagessen wurde der runde Tisch einberufen, das heißt, jeder sagte seine Meinung. Und selten zuvor hatte es nur eine einzige gegeben. Bei allen dreien herrschte traute Einigkeit darüber, dass alles von vornherein getürkt war und anders aussah, als es in Wirklichkeit lief. Die Vergewaltigung, mit der Maike Jenninger eingeschüchtert werden sollte, weil sie dummerweise von irgendeiner Schweinerei Wind bekommen hatte und das Maul halten sollte. Piercing-Gitte, die mit ihrer Aussage Carneiro belastet und der Diebstahl, der schnurstracks zu Carneiro selbst führte. Alles halt.

Die einzige noch offene Frage lautete: Warum der ganze Scheiß? Und nun, wo sie mal zur Ruhe kamen und sich nicht in einem dümmlichen Aktionismus verzettelten, den sich ein anderer ausgedacht hatte, kamen sie nach nicht mal fünf Minuten drauf. Genauer gesagt, war es Frau Ullmann, die es als Erste aussprach.

»Worum geht es denn auf ›Egon Emscher‹, was macht Hanowskis Firma da?«

»Kontaminierte Böden austauschen.«

»Giftböden.«

»Und das ist teuer wie doof.«

»Sündhaft teuer«, bekräftigte der Dicke. »Wenn da früher Schwerindustrie war, kannst du so ein Gelände vergessen. Um da was draus zu machen, musst du Millionen reinstecken.«

»In diesem Fall Millionen vom Land und der Stadt.«

»Mal angenommen«, sagte Chris. »Die bauen da irgendeinen Mist in Sachen Kontaminierung, falsche Gutachten oder sonst was, wo könnten wir dann ansetzen?«

Diese Antwort ließ schon etwas länger auf sich warten.

Warten.

Warten.

Warten.

Chris setzte noch einmal Kaffee auf, Schröder kochte Eier und Benno grübelte.

»Da können einige Leute drin verwickelt sein, bis hoch ins Bauamt oder noch höher bis nach Düsseldorf«, sagte er endlich.

»Ich dachte, ich hör jetzt mal 'en Vorschlag von dir», meinte Wolli.

«Hab doch gerade einen gemacht.» Der Dicke zog seinen Becher ran und schlabberte frischen Kaffee rein. »Sieh dich im Baubüro um. Maike hat da gearbeitet. Möglicherweise ist sie auch da zufällig an Informationen gekommen.«

»Was heißt in diesem Fall: ›Sieh dich um‹ und nicht: ›Sehen wir uns um‹?«

»Naja«, Benno zerknetete fast das Steingut zwischen den Pranken. »Heute Abend, also … Nora und ich wollten eigentlich was zusammen unternehmen.«

»Hehehe«, geckerte Wolli und auf Christianes bösen Blick: »Nein, steh ich voll hinter. Gönnen wir den Frischverknallten ihren Frühling, gell Hasi? Weißt du noch, wie das mit uns war?«

»Wir hatten einen Frühling?«

»Ja, was denn? Nicht gemerkt?«

*

Der Mond schien … naja, sagen wir mal, von scheinen konnte kaum die Rede sein. Entweder hingen zu viele Wolken rum oder er war noch nicht soweit oder es war Neumond. Sehen konnte man das halt nicht.

Sehen konnte man überhaupt sehr wenig, fand Chris. Auf dem Weg vom Auto krallte sie sich an Schröders Jacke fest, damit sie nicht auf einmal allein dastand. Außerdem hatte es wieder angefangen zu regnen. Klar, ausgerechnet heute

Nacht. »Renn doch nicht so.«

»Pssst!«

Patsch, patsch, patsch, durch den Matsch.

Sie fragte sich, wozu er eine Taschenlampe eingesteckt hatte. So eine große amerikanische, die man von unten mit erhobenem Arm packte, weil man damit notfalls auch zuschlagen konnte.

Apropos zuschlagen. Vielleicht ging er deshalb so forsch voran, frech wie Dreck. Denn da lauerte ja keine Gitte mehr im Dunkeln, mit 'nem Spaten. Er war damit rübergekommen, als sie die bisherigen Ermittlungen durchgingen. Der Schlag vor die Rübe passte ja auch sonst nirgends in das bisherige Schema. Armer Kerl. Trotzdem brauchte er nicht so zu rennen. »Ist es noch weit?«, wisperte sie.

»Pssst!«

Patsch, patsch, patsch.

Mit einem Mal blieb er stehen. Sie lugte an seiner Schulter vorbei und sah, dass sie bei den Containern angekommen waren.

Schröder suchte was aus der Hosentasche und fummelte damit am Schlüsselloch rum.

Chris blickte zurück.

Monoton rauschte der Regen herab, ab und an von kurzen Windböen schräg gedrückt. Hinten auf der Straße zischte der Verkehr. In der anderen Richtung war es dunkel, bei dem Wetter lohnte es sich nicht für die Huren, außerdem wurde im Ersten Juventus Turin gegen Liverpool übertragen.

Es knackte!

Chris fuhr kerzengerade hoch, mit Blicken wie Messerstiche. »Hast du das gehört? Da ist jemand«, flüsterte sie.

»Wenn da jemand wäre, hätte er nicht geknackt«, flüsterte er zurück. »Sowas gibt's nur in Filmen.«

Blödsinn. Es konnte doch irgendwer irgendwie auf irgendwas drauftreten. Mit angehaltenem Atem hielt sie die Ohren in den Wind. Raschelte da was? Plötzlich hatte sie Mühe, ihre Blase in Schach zu halten. Dabei war sie zu Hause extra vorher aufs Klo … Wieder knackte es.

Die Tür. Natürlich, es war die Tür. Denn mittlerweile hatte Schröder das Schloss mit zwei Drähten der Lächerlichkeit preisgegeben.

Er schob sie aus der Dunkelheit in eine noch tiefere, dann wurde das fahle Rechteck der Tür schmaler und war weg. Chris bollerte gegen eine Tischkante. Am Geraschel merkte sie, wie Schröder sich durch den dusteren Raum bewegte. Endlich kam von weiter hinten seine Stimme.

»Die Rolladen sind dicht.«

Kurz darauf stach der Strahl der Taschenlampe in ihre Augen. »Bist du bekloppt?«

»Sorry.« Er hielt sie wirklich so, wie die Polizisten in den amerikanischen Filmen und ließ langsam den Lichtstrahl über Regale und Schränke wandern. Alles aus Metall. Wenn sie die öffneten, und die Scharniere waren angerostet, würde das einen Heidenkrach machen in der Stille.

»Du nimmst den«, sagte er leise. »Und ich den da.«

Die Schrankscharniere waren nicht angerostet. Innen drin stand eine Thermoskanne, lag ein Helm und eine angebrochene Stange Ernte 23. Vielleicht ging es ja um Zigarettenschmuggel im großen Stil und das Zeug wurde, in Baumaschinen versteckt, von Sliwka nachts hier abgeholt und in Drittländer geschafft.

Sie nahm sich den Schrank daneben vor, in dem Ordner standen, jede Menge Ordner und kaum einer davon war beschriftet. Klasse, so ähnlich hatte sie sich den Abend vorgestellt. Wie sie es hasste, in fremden Schränken zu wühlen und Dinge zu suchen, von denen man nicht wusste, was es war.

Systematisch durchsuchte Schröder ein Regal, in dem Zeichnungsrollen und Mappen aufgestapelt waren.

Hin und wieder spinste Chris zur Tür. »Hast du auch

abgeschlossen?«

»Das ist kein Hotelzimmer, und ich hab nur Schlüsselhaken. Bin froh, dass das Ding überhaupt aufgegangen ist.«

»Das heißt, es kann jederzeit jemand reinkommen?«

»Chris, wenn du mich verrückt machen willst, dann geh zurück und setz dich ins Auto.«

Ja, das fehlte ihr gerade noch. Allein durch die matschige Nacht da draußen, unsichtbaren Fingern ausgesetzt, die aus der Dunkelheit gierig und leichenkalt nach ihr griffen.

Der erste Ordner enthielt Arbeitsberichte. Sie nahm den nächsten.

Von hier aus hörte sich der Regen an, als stände man in einer Duschkabine. Übrigens eine Alternative, an sie sie jetzt lieber nicht denken wollte.

In Ordner zwei und drei steckten Kalkulationsunterlagen und Nachtragsangebote.

Draußen knackte es wieder.

Wenn Schröder meinte, eine Nacht voller Knacken und Rascheln wäre okay, dann musste das wohl so sein.

Ordner fünf.

Elf, zwölf oder mehr Ordner später gab Wolli einen Ton von sich, den man als wohlgefällig bis triumphierend bezeichnen konnte. »Kuck mal, da geht es um giftige Böden. Scheint eine Untersuchung zu sein.« Er las laut: »Erdbaulabor Kaszci … Mann, welches Schwein soll denn das lesen?«

Chris trat neben ihn, seine Nähe und Wärme taten gut. »Das spricht sich Kaschmanjak.«

»Gutachten über labortechnische Untersuchungen kontaminierten Erdreiches, Baulos siebzehn Strich H drei«, las Wolli vor und schlug das Deckblatt um.

Nach ein paar Minuten setzten sie sich damit nebeneinander an einen der Schreibtische. Wenn Chris alles richtig verstand, und sie verstand ungefähr 98 Prozent nicht, dann waren die Mengen der Böden bauseitig aufgemessen worden. Sprich: Hanowski selbst hatte angegeben, wieviel Kubikmeter Gifterde zu entsorgen war.

»Demnach könnte er falsche Mengen angegeben haben«, schlussfolgerte sie.

»Und das Labor könnte beim Erstellen des Gutachtens für ein gewisses Salär drüber weggesehen haben, dass er die Zahlen manipuliert hat.«

»Das Wort «könnte« kommt mir 'en bisschen zu oft vor.«

»Aber es wäre ein Weg, viel Geld in die eigene Tasche umzuleiten.«

Wieviel Geld da zur Disposition stand, sahen sie, als Chris eine Viertelstunde später auf die Rechnungen der Sondermülldeponie in Wattenscheid stieß, die die Böden aufnahm. Bei diesen Kubikmeterpreisen würde allein die Entsorgung bis zum Ende der Bauzeit zweistellige Millionenbeträge verursachen.

Schröder pfiff, wie er das in solchen Fällen gern tat, leise vor sich hin.

Als er dann aber einen weiteren Ordner aufklappte, verging ihm das Pfeifen. Darin waren sämtliche Wiegekarten aller LKWs abgeheftet, die die Deponie seit Baubeginn angefahren hatte. Ordentlich abgestempelt und unterschrieben.

»Es war eine Möglichkeit«, knurrte er frustig. »Und du musst zugeben ...«

Was genau sie zugeben musste, erfuhr Chris nicht mehr, weil in diesem Moment die Tür aufgerissen wurde und ein Typ in Uniform mit Stablampe und gezückter Pistole im Rahmen stand.

Scheiße!

»Keine Bewegung!«

Die Situation schrie geradewegs nach einer plausiblen Ausrede.

»Hände hoch und an die Wand!«

Aus den Augenwinkeln sah sie, wie Schröder die Hand,

nein nicht hochnahm, sondern damit einen Bürostuhl packte und ihn dem Typen entgegenwarf. Vor Schreck riss der die Arme hoch, die Waffe polterte über den Boden. Da war Schröder schon bei ihm, stieß ihn gegen die Wand, packte Chris und zog sie aus dem Container.

»Lauf!«

Als wäre eine Aufforderung nötig gewesen.

Hinter ihnen brüllte der Wachmann los, dann knallte es.

Instinktiv umfasste Chris ihren Kopf mit den Armen und rannte nur noch schneller neben Schröder her. Neben ihm her, fuhr es ihr durch den Kopf. Obwohl er schneller laufen konnte, wetzte er nicht weg, sondern blieb auf ihrer Höhe. Bist 'en …

Ein zweiter Schuss!

... Kumpel.

Und eine zweite Männerstimme. Natürlich! Die waren zu zweit.

Plötzlich stoppte Schröder, packte Chris und riss sie zur Seite, zwischen zwei Erdhügeln hindurch. In der Kopfbewegung sah sie, wie der zweite Wachmann ihnen nachkam, fast hätte er ihnen den Weg abgeschnitten.

»Bleiben Sie stehen. Das Gelände ist umstellt.«

Das musste er aus dem letzten Tatort haben.

Seitenstiche bohrten sich ein wie Nadeln. Es kam ihr vor, als würde sie mehr torkeln als laufen, doch das war nur die Angst.

Wieder blieb Schröder stehen.

Chris sah zurück. Von den Wachmännern war nichts zu sehen.

»Mist!«

Ihr Kopf schnellte nach vorn. Der Strahl einer Taschenlampe kam geradewegs auf sie zu.

»Hinten auch«, keuchte Wolli.

Aus. Vorbei. Eine Nacht im Knast, morgen früh Vorführung beim Haftrichter … Schröders Hand riss sie nach links. Als sie weiterrannten, spürte Chris, wie die Beine langsam nicht mehr mitmachten.

»Da rauf«, zischte Schröder.

Für eine Sekunde stand ihr Nackenhaar hoch. »Da? Nee!«

*

So musste es ein, wenn man gelähmt war, wenn man nichts mehr fühlte, wenn die Nerven nicht mehr mitmachten. Sollte man ihm jetzt ein Brotmesser zwischen die Rippen stoßen, würde er nichts davon mitkriegen, keine Schmerzen, nicht mal ein Druck. Er versuchte, ein Bein unter seinem Körper hervorzuziehen. Da war kein Körper. Und womit ziehen? Seine Arme, seine Hände, alles war vor Kälte völlig taub und ohne Gefühl. Das einzige, was er bewegen konnte, waren die Augen.

Ein warmer Luftstrom traf ihn am Hals.

Chris, der allerliebste Mensch auf diesem beknackten Planeten, hauchte ihn mit offenem Mund an. »Weiß selbst, das hilf nicht viel. Aber besser als nix.«

Für eine ganze Weile war er so was von gerührt, dass er keinen Ton rausbrachte und nur zusehen konnte, wie Chris dasaß und ihn anhauchte. Jetzt seine Hände, die er wohl sah, aber nicht spürte.

Überhaupt: Sehen. Mittlerweile wurde es grau im Osten. In den Bäumen unten bei den Wohnwagen lärmten ein paar Vögel. Und es regnete nicht mehr.

Langsam, er wusste auch nicht, wo Chris diese Wärme hernahm, kribbelte es in seinen Fingern. Etwas später konnte er sie bewegen.

Das erste, was er mit ihnen machte, er strich Chris übers Gesicht.

Sich an seine Hand schmiegend, hielt sie still, ganz still, die Augen geschlossen.

Und durch Wolfgang Schröders eiskalten Körper flutete eine Wärme anderer Art. Er beschloss, sie auf der Stelle wegen dem Heiraten anzusprechen. »Woran denkst du, Kleines?«

»An eine heiße Wanne.«

»Ah so.«

»Und was zu essen«, sagte Chris, zog sich hoch und warf einen konspirativen Blick hinunter. Aber der Streifenwagen und die Wachmänner mussten bereits seit Stunden weg sein.

»Wieso kannst du dich bewegen? Ich bin steif wie 'ne Eiswaffel.«

»Autogenes Training«, hämte Chris. »Dieser asiatische Orgasmusersatz für postmenstruelle Püppchen, die nur aus Ballaststoffen bestehen, Tagebuch führen, Katzen knutschen, alle Hobbythekbücher besitzen und sich immer noch den Plunder aus dem Eine-Welt-Laden andrehen lassen. Du erinnerst dich?«

»Das soll ich gesagt haben?«

»Es war die Kurzfassung.«

Beim Aufstehen knickte ihm ein Bein weg, welches, konnte er nicht spüren. Etwas später versuchte er eine Kniebeuge, was zur Folge hatte, dass er wieder zusammengeklappt auf dem Boden saß.

Chris wuchtete ihn hoch und mit ihrer Hilfe und nach ein paar Lockerungsübungen krallte er sich in die Leiter. »Nicht nach unten kucken.«

»Seh ich wie eine Lebensmüde aus?«

Es dauerte vier oder fünf Stunden, bis sie festen Boden erreichten. Kam ihm jedenfalls so lang vor. Überflüssigerweise half er Chris, die hinter ihm herunterkletterte, auf den letzten beiden Stufen. Er fand, diese Geste musste sein.

Unwillkürlich blickten beide nach oben zur Kabine des Baukrans.

Einer von den grünen Jungs hatte zwar mit einer Lampe

hochgeleuchtet, aber raufgetraut hatte sich keiner. Und so waren sie wohl davon ausgegangen, das vermeintliche Diebespärchen wäre genauso feige gewesen.

Wie die meisten ihrer tumben Zeitgenossen unterschätzten auch sie den Mut, das Durchhaltevermögen und die innovative Schlagkraft dieses Teams. Dessen Stärke, die in dem unbedingten Willen bestand, niemals aufzugeben, niemals, und immer das Ziel vor Augen, selbst in den ausweglosesten ...

»Sag mal, was brummelst du da vor dich hin?«, fragte Chris und schob ihn auf den Weg.

»Ach, nix.« Er blieb kurz stehen, packte sie an den Armen und guckte ihr voll in die Augen. »Ich hab dich unheimlich gern.«

Chrsitiane grinste, dann legte sie eine Hand in seinen Nacken und gab ihm einen Kuss.

Nebeneinander gingen sie durch die ansetzende Dämmerung zur Straße. Ein paar Geigen im Off wären jetzt angebracht gewesen, aber auf die Idee kam das Schicksal natürlich nicht.

Da sie keine Dödels waren, hatten sie den Wagen nicht in der Nähe abgestellt, sondern auf einem Parkplatz neben einer der sechzehn Aldifilialen in diesem Stadtteil.

Im Auto zu sitzen war eine Wohltat. Die warme Heizungsluft an den Beinen zu spüren, kam einem Mega-Orgasmus gleich.

Zu Hause stiegen sie aus den Klamotten und in die Wanne, die so heiß geraten war, dass Schröder sich nur zentimeterweise hineinwagte.

Sie sprachen nicht über den Fall, sie sprachen eigentlich gar nicht, sondern hingen, jeder in seinen eigenen Gedanken versunken, bis zum Kinn im Schaumwasser und ließen die Welt vorbeitreiben.

Später schliefen sie miteinander und wieder später schliefen sie miteinander ein.

Gegen Mittag, der Wecker zeigte auf halb eins, wurden sie durch wohlfeile Gerüche geweckt, die durch die Wohnung zogen.

Benno stand leise singend in der Küche und wendete Pfannkuchen.

Während Chris den Tisch deckte, erzählten sie und Wolli von der vergangenen Nacht und Benno wiegte bedeutungsvoll das Haupt. »Sollte Hanowski Dreck am Stecken haben, ist er nun gewarnt.«

»Der weiß doch längst, dass wir ihn im Visier haben«, meinte Schröder. »Was mir größere Sorgen macht, ist, dass wir wieder auf der falschen Spur sind.«

»In puncto Giftböden?«

Chris nahm ihren dritten Pfannkuchen und trug eine satte Schicht ... nein, nicht Quark, sondern Marmelade auf. »Selbst, wenn die Spur richtig ist, er kann nachweisen, die kontaminierten Böden fachgerecht entsorgt zu haben. Ist alles durch entsprechende Wiegekarten protokolliert.«

»Meine lieben Freunde«, sagte Benno mit schmerzhaftem Blick. »Wer schuldlose Schuldige kaufen kann, kommt mit Sicherheit auch an gefälschte Wiegekarten.«

»Von Theorien hab ich so langsam die Schnauze voll«, meinte Wolli. »Was wir brauchen, sind Beweise. Nix anderes. Knallharte, nicht zu leugnende Beweise, die wir den Fuzzis von der Anklage auf den Tisch hauen können. Und genau da fängt mein Problem an.«

Chris kaute ihren Mund leer: »Und wenn wir einfach mal Folgendes probieren?«

*

Folgendes sah im ersten Schritt so aus, dass Hannes Rohleder keine halbe Stunde später vor den »Hubertus-Stuben« einen unauffälligen Japaner einparkte.

»Beschleunigung«, presste er zwischen den Zähnen hervor. »Spitzenmäßig.« Er nahm die schwarze Brille ab, seine Augen spießten sie fast an die Hauswand. »Also, careful.« Er schnipste ihr wie aus dem Nichts die Schlüssel zu. »Gas wird nur mit dem großen Zeh gegeben, okay?«

»Mit'm Zeh, alles klar«, lächelte Chris. »Werd's mir merken, Hannes.«

Mit kaltem Blick rasterte er sie ab. »Anlasser für dein Auto ist bestellt.« Die Andeutung eines Nickens, dann ging er langsam, die leicht gespreizten Hände in Schenkelhöhe, zum wartenden Taxi, in dem Irmchen saß und rüberwinkte.

Puh! Wann immer auch Chris diesem Mann begegnete, wunderte sie sich, dass er nicht in den Alpträumen seiner eigenen Kinder vorkam. Sein Schatten auf einer nächtlichen Hauswand und die Straße war leergefegt. Anfang der Siebziger, zu Zeiten der bundesdeutschen Terroristenparanoia, musste er bei jeder Polizeikontrolle aussteigen und die Hände aufs Autodach legen. Erzählte man sich auf dem Birkenhof.

Naja.

Im weiteren Verlauf bestand Folgendes darin, getrennt und in drei Wagen die Zufahrten von »Egon Emscher« im Auge zu behalten, wobei sie über Handy-Konferenzschaltung Kontakt hielten. Gottchen, dachte Chris, vor drei Jahren mussten wir noch mit dem Spiegel morsen. Damals gab es eine Telefonleitung fürs ganze Büro, das Wort Farbfernseher musste man im Fremdwörterlexikon nachschlagen, und noch einige Jahre zurück, als Oma Lena ihre erste Mikrowelle bekam, da saßen wir in ihrer Küche und haben den ganzen Abend Toast-Hawai gemacht.

Tja, die Zeiten ändern ... Ehe die Plattitüde raus war, meldete Benno sich. »Hier kommt was Dickes zur südlichen Ausfahrt.«

»Hat er das drauf, was uns interessiert?«, fragte Schröder.

»Er ist gerade mit dem Zeug beladen worden, das auf den

Bodenplanen liegt. Film läuft übrigens.«

»Okay, bleib dran.«

»Gute Idee. Wär ich nicht drauf gekommen.«

Chris startete den Japaner und lenkte ihn die Hurenstraße runter, wo sie in der Kurve gerade noch Bennos Kofferraum verschwinden sah. Auf der Vogelheimer Straße gesellte sich Schröder dazu, wie sie im Rückspiegel erkannte. Drei Wagen vor ihr schob sich ein mit Erde beladener Kipper durch den Verkehr. In einer Kurve erkannte Chris Sliwkas Firmenaufschrift an der Seite.

»Wo ist die Deponie?«, kam Bennos Stimme nach einer Weile.

»In Wattenscheid«, sagte Chris aus dem Gedächtnis.

»Wieso fährt er dann Richtung Bottrop?«

»Soll ich sagen?«, fragte Chris.

»Jede Wette, Benno«, gab Schröder zurück. »Unser Frollein grinst jetzt hämisch.«

»Hast 'en gutes Näschen, Christiane«, kam Bennos Stimme zurück. »Zur Belohnung darfst du übernehmen.«

Für eine Weile setzte sie sich an die Spitze. Da sie nur zwei Videokameras besaßen – nur zwei! Hahaha! – mussten entweder sie oder Benno vorn bleiben.

Der Laster fuhr nicht auf die Autobahn, sondern hielt sich stramm nördlich. Noch hieß das nichts. Konnte durchaus sein, dass Hanowski eine andere Deponie für seine Giftböden aufgerissen hatte. Trotzdem drückte sie die Videokamera mit dem Saugnapf aufs Armaturenbrett und ließ sie mitlaufen.

Nach einer Viertelstunde bog der LKW auf ein Brachgelände ab, an dessen Rand ein Imbisswagen parkte. Chris stoppte in gebührlichem Abstand und filmte mit, wie der Fahrer ausstieg, sich streckte und gähnte und dann zum Imbiss stakste.

»Vielleicht kippt er das Zeug hier wild ab«, vermutete Schröder.

»Nix da. Der isst 'ne Frikadelle.«

Durch den Hörer kam ein deutlich schmerzliches Stöhnen von Benno. »Mit Brot oder Kartoffelsalat?«

Es dauerte.

In der Zwischenzeit, bemerkte Chris, stellte Schröder sein Auto auf der gegenüberliegenden Straßenseite ab. Egal in welche Richtung der Laster weiterfuhr, einer von ihnen würde dranbleiben.

Es dauerte.

Nach der Frikadelle kam ein kaltes Kotelett dran und zu jedem Gang eine Flasche Bier.

»Wegen Alkohol am Steuer kriegen wir ihn auf jeden Fall dran.«

Gerade dachte sie, der Typ würde auch noch Nachtisch bestellen, da ging er zum Wagen zurück. »Es werden noch Wetten angenommen«, sagte sie und ließ den Motor an.

»Passe«, sagte Benno.

Als hätte Wolli es gerochen, nahm der Kipper dieselbe Strecke zurück. Nach zwei Minuten war Chris wieder in der Kolonne, hinter Bennos Benz.

Jetzt gluckerte die Stimme des Dicken durch den Äther. »Merkt wohl auf, Freunde.«

»Ich hab 'ne Theorie«, meinte Wolli.

»Ach was? Wirklich?«

»Er fährt zurück zur Baustelle und kippt die Giftböden als Muttererde wieder ab.«

Er fuhr zurück zur Baustelle und kippte die Giftböden tatsächlich wieder ab. Und zwar an einer Stelle, wo Kies und Sand lagerte.

»Das sieht mir nach einer Lagerstelle für Unterbaumaterial aus«, sagte Benno, während Chris hinter der Kamera hockte. »Also Zeug, das unter die Straßendecken und die Fundamente für die Firmenbauten kommt, die hier entstehen.«

»Preiswerte Lösung.«

»Wer hatte jetzt die Idee mit dem Hinterherfahren?«

»Jajaja, Frau Ullmann. Sobald wir im Büro sind, häng ich dir 'en Fleißkärtchen um.«

*

Mit drei Wagen fuhren sie auf den Hof von Sliwka. Benno fand es bescheuert, aber der Chef liebte solche Momente über alles. Er stürmte, kaum, dass sein Wagen stand, ins Büro.

»Vielleicht«, sagte Chris, die hinter Benno ausstieg, »hätten wir es subtiler angehen sollen.

Achselzuckend betrat er das flache Gebäude, wo Schröder sich vor einer Schreibkraft aufgebaut hatte, die ihn stoisch musterte. »Schröder mit großen S«, wiederholte er offensichtlich gerade. »Und sagen Sie mir nicht, der Chef wäre nicht da, sonst kippe ich vor Lachen aus dem Anzug.«

»Und wenn es so ist?«

»Ist es nicht, glaub mir, Mädchen.« Ohne auf sie zu achten, riss er die erstbeste Tür auf.

»Moment!« Mit einem Satz schoss sie vom Stuhl. »Einen Schritt weiter und ich rufe die Polizei.«

»Gute Idee, hatte ich auch vor.«

»Schröder«, sagte Benno leise.

»Hausfriedensbruch«, sagte Chris noch leiser.

Schröders Hals pulsierte glutrot. Man konnte richtig sehen, wie er sich zu beruhigen versuchte. »Gut«, sagte er dann und lächelte krude. »Und wann, Verehrteste, ist er wieder zurück?«

»In drei Wochen. Er hat Urlaub. Und jetzt verlassen Sie das Betriebsgelände.«

Wortlos drehte Schröder sich um und ging. Benno grüßte lächelnd und folgte ihm.

Draußen fing Wolli sich einen Rüffel von Christiane ein.

»Warum hast du mich nicht vorgehen lassen oder Benno? Sliwka kennt deinen Namen doch längst über Hanowski.«

»Okay, okay, okay«.» Er wehrte mit den Händen ab. »Ich bin ein Kretin, ein hirnloser Trinker, ein Nichts.«

»Ob wir mit Sliwka reden oder nicht, ist eh egal«, mischte Benno sich ein. »Oder glaubt ihr, der bricht heulend zusammen und legt uns ein Geständnis hin?«

»Was tun also?«

»Die Sondermülldeponie in Wattenscheid«, sagte Schröder. »Die sollen mir die abgekippten Böden zeigen, für die sie die Wiegekarten ausgestellt haben.«

*

Es war unglaublich, wie gut das Gelände versteckt war. Allein das war schon verdächtig. Schröder bretterte fünfmal dran vorbei, bis er merkte, dass die Zufahrt hinter einer Gebüschreihe lag, die wiederum von einem Fahrradweg verdeckt wurde. Beim dritten Mal zeigte Benno, der beim Wenden auf kleinem Raum wie ein Schwerstarbeiter ackerte, ihm einen Vogel. Während Schröder dank Servolenkung dazu nur die Handfläche auf dem Lenkrad kreisen ließ.

»Wozu, glaubst du, blinke ich dich an, Schröder.« Benno hängte sich aus dem Fenster, dem runtergedrehten, und wies mit dem Daumen nach hinten. »Da hängt ein Schild.«

»Da hing kein Schild«, sagte Schröder, gab Gas und rauschte schotterspritzend an dem Schild vorbei, auf dem groß »KCR-Entsorgungspark GmbH« stand. Musste er irgendwie in der Eile übersehen haben.

Hinter Fahrradweg und Gebüschreihe kränkelte ein Tor aus Maschendraht in den rostigen Angeln. Auf dem Gelände, das sich sodann dem entzückten Auge darbot, sah man erst mal nix. Dann Erdhaufen, jede Menge Erdhaufen. Hundert Meter weiter gammelte ein Schuppen vor sich hin, in der Nähe war eine LKW-Waage in den Beton eingelassen. Daneben stand ein Porsche älteren Baujahrs.

»Entsorgungspark«, grummelte Schröder.

Das Ganze wirkte eher wie ein Moto-Cross-Übungsgelände vom Postsportverein Kray-Mitte. Benno stoppte direkt hinter ihm, stieg aus und sah sich um.

Da sich nichts tat, drückte Schröder auf die Hupe, dass in den Bäumen die Krähen hochgingen.

Aus der Hütte kam … Man musste das gesehen haben. Ein Typ um die dreißig, ein Schmuddel im hellgrauen Anzug mit Weste, Hemd da offen, wo zwei Knöpfe fehlten und staubigen Slippern. Er hatte entfernt was von einem Griechen. Als er jetzt ein Zigarillo aus dem Mund nahm, sah man die Trauerränder unter seinen Fingernägeln, mitsamt den sechs Goldringen. Der Bartwuchs, zwischen drei und fünf Tage alt, sollte wohl sowas wie post-trendy sein, sah aber voll scheiße aus. Und als er jetzt den Mund öffnete, sah Schröder drei fehlende Vorderzähne.

Bevor auch nur ein Ton kam, wusste Schröder, dass sich dieses Scheusal gleich als Geschäftsführer vorstellen würde.

»Was kann ich für Sie tun?«

»Den Chef holen«, sagte Wolli und steckte sich eine Zigarette an.

»Eine Mühe, die wir uns sparen können«, grinste Schmuddel und deutete eine Verbeugung an, was er ohne Frage für den Gag der Woche hielt. »Bronsky, Harald Bronsky, ich bin der Geschäftsführer.«

In manchen Fällen war auf Wolfgang Schröder echt Verlass. Aus den Augenwinkeln sah er, wie Benno grimmig einen Schritt zurücktrat, und roch es jetzt selbst.

Bronsky stank aus den Achseln, als wäre 8x4 noch nicht erfunden. »Womit ich wieder bei meiner anfänglichen Frage wäre.« Wobei er die Fingerspitzen seiner gefächerten Hände aneinander legte.

So was begegnet dir auch nur zwischen Duisburg und Hamm, dachte Wolli und war sekundenlang so fasziniert, dass er kurzfristig aus dem Konzept geworfen wurde.

»Sie lagern hier Erdreich?«, übernahm Benno.

Statt einer Antwort wies Transpiro Deodorantis mit einer Fächerhand übers Gelände.

»Kontaminierte Böden, die die Firma Sliwka von ›Mehlbaum und Söhne‹ übernimmt.«

»Wer, bitteschön, sind Sie eigentlich, meine Herren? Und worum geht es?«

»Schröder«, sagte Schröder und hielt ihm seinen Detektivausweis unter die Kurzsichtigen. Dass beim Zurückstreifen seiner Jacke die Magnum im Gürtelholster zum Vorschein kam, war ein klein bisschen Zufall. »Wir würden uns gern mal diese Erde ansehen.« Und zog den Ausweis zurück, nach dem Bronsky gerade greifen wollte. So weit kam es noch, dass er sich bei dem die Krätze holte. Nachher sah er noch so aus wie der.

»Heute Nachmittag haben Sie von Sliwka eine Lieferung erhalten. Jedenfalls wird das morgen auf entsprechenden Wiegekarten nachzulesen sein«, erklärte der Dicke. »Fangen wir also mit diesem Dreckhaufen an.«

»Privatdetektive.« Wenn Bronsky überrascht war, ließ er es sich nicht einen Furz anmerken. »Ich verstehe nicht ganz, was Sie hier wollen.«

»E-r-d-e a-n-s-e-h-e-n«, skandierte Schröder und machte den Italiener. »Mitte die Augen ankucken, isse doch nich so schwer, oder?«

Bronsky fächerte erneut die Hände. »Tut mir leid.«

Worauf Schröder sich zu Benno drehte. »Darf ich ihn etwas hauen oder machst du dann wieder ein Geschrei?«

Benno hob nur eine Schulter. »Die Rute macht aus bösen Kindern gute.«

»Danke«, strahlte Wolli, und schon hatte Bronsky seine Hand am Hals. »Schluss jetzt. Wo liegt der Scheiß?« Er durfte nicht vergessen, sich anschließend die Hände zu waschen.

Scheusal gurgelte wie eine Literflasche Cola, die man auf den Kopf stellt und versuchte sich frei zu machen.

»Ich warte.«

»Ist … ist abgeholt worden?«

Wolli drückte ihn gegen die Schuppenwand, bis das Holz knackte. »Du sollst mich nicht verscheißern. Die ganze Zeit gießt es wie aus Kannen, und da drüben auf der Waage sind nicht mal Reifenabdrücke.«

»Ich … ich …«

»Ja? Was? Lauter, ich kann nichts hören.«

»Ich … ich will meinen … Anwalt … sprechen.«

Damit hatte er nun wirklich nicht gerechnet. »Deinen Anwalt?« Schröder lachte und ließ ihn los. »Kannst du haben. Wirst du auch brauchen.« Er stieß ihn zum Porsche. »Aber erst mal fahren wir zu den Bullen. Mein Kollege vor und ich hinter dir. Und das eine sag ich dir gleich. Wenn du unterwegs versuchst abzuhauen, schieß ich dir die Karre in Fetzen.« Dabei zog er sein Handy und drückte Benders Durchwahl. »Joschi? Ich bins, Schröder. Was hältst du davon, wenn wir uns in einer halben Stunde auf dem Polizeirevier Wattenscheid treffen? Fein.«

*

Da Chris sich denken konnte, wie es ablaufen würde, war sie nicht mit den Jungs gefahren, sondern ins Büro, wo es beim Reinkommen irgendwie merkwürdig roch. Nach Parfum oder ... Jau.

Anna saß in Schröders Büro auf der Couch, blätterte eine Illustrierte durch und sah bei ihrem Hereinkommen nur kurz auf. »Hi.« Neuerdings machte sie auf Spice Girls, die Marotte des Nachäffens hatte sie von ihrer Mutter. Schröder jedenfalls war in all den Jahren immer derselbe geblieben. Gut oder nicht gut, darüber mochte man streiten.

»Selber Hi. Darf man fragen, was du hier machst?«

»Ja.« Und nach einer Weile lustlosen Blätterns »Fragen schon.«

An und für sich war Christiane kein Anhänger der Prügelstrafe, und für Schröders Tochter kam es fünfundzwanzig Jahre zu spät, aber ein bisschen Prügel, wohl dosiert ... Sie drehte sich auf dem Absatz um, schloss die Tür hinter sich und hörte den Anrufbeantworter ab.

Keine halbe Minute später ging die Tür auf und Anna erschien. »Sorry, wollte ich eigentlich nicht sagen.«

»Oh, das geht in Ordnung.« Chris winkte ab. »Von jemandem wie dir nicht gemocht zu werden, damit kann ich leben. Und nun setz dich wieder zu deinen Zeitschriften, ich hab zu tun.« Sie wählte Fiffi an und erwischte ihn. »Ja, Ullmann. Immer noch heiß auf eine Story?«

»Wenn ich endlich erfahre, worum es geht, ja.«

»Um Giftmüll, Fremdverwendung von Subventionen, Betrug in Millionenhöhe.«

»Ich bin im Boot.«

In kurzen Worten fasste sie das Wesentliche zusammen, wobei sie besonderen Wert auf den Zusammenhang mit der angeblich aufgeklärten Vergewaltigung legte. Im spiegelnden Monitor auf dem Schreibtisch sah sie, wie Anna an ihrer Bluse friemelte und sie beobachtete. »Den genauen Bericht fax ich dir heute Abend rüber.« Nachdem sie Fiffis Angebot zu einem Abendessen, bei dem man doch alles in Ruhe besprechen könnte, abgelehnt hatte, legte sie auf.

»Es ist nicht so, dass ich dich nicht mag, aber …« Anna druckste.

Mit einem Mal fühlte Chris Ärger in sich aufsteigen, großen Ärger. »Pass mal auf, Anna. Was auch immer du mir sagen willst, vergiss es. Geh mir nur aus dem Weg und wir werden gut miteinander auskommen.«

Einen Moment starrte die Kleine sie an, dann klappte die Tür hinter ihr zu.

Verdammt, das war ungerecht gewesen und um einige Nummern zu hart, und es tat ihr im selben Augenblick leid, als sie es sagte. Aber dieses kleine, arrogante, verzogene Biest hatte sie in den letzten zwölf Jahren einfach zu oft getriezt. Und das letzte, worauf sie momentan Lust verspürte, war Burgfrieden mit einer Giftschlange.

Eine Stunde später, aus dem Nebenraum war kein Mucks gedrungen, polterten Schröder und Benno herein. An Schröders Miene erkannte sie, dass es gut gewesen war, nicht mit ihnen zu fahren.

»Na?«, fragte sie und fing hinter seinem Rücken Bennos

zufriedenes Nicken auf.

»Treffer«, sagte Wolli, verschwand kurz in der Dunkelkammer und kam mit einer offenen Bierdose zurück. Verwundert schnupperte er.

»Du hast Besuch. Deine Tochter.«

Die Dose am Mund, öffnete er seine Zimmertür. »Hase, was führt dich her? Und wieso hockst du allein da drin? «

Anna vermied es, Chris anzusehen, als sie herauskam. »Ich bin übers Wochenende zuhause, also bei Mutti und Arwed.« Nach Kunstgeschichte und Germanistik, hatte sie endlich Medienwissenschaften studiert und volontierte im Moment beim NDR in Hamburg. »Und da dachte ich, ob du mir vielleicht solange dein Auto leihst.«

Benno schickte Chris einen Blick.

»Natürlich kannst du mein Auto haben.«

Bennos Blick schlingerte ungläubig.

»Brauchst du Geld zum Tanken?«

»Nein nein.« Sie schnappte nach dem Schlüssel, kaum dass Schröder ihn aus der Tasche gezogen hatte, drückte ihm einen Kuss auf die Wange und raus war sie.

»Was hat sie denn?« Beim Trinken sah Wolli herüber. »Habt ihr euch wieder gekracht?«

Chris antwortete nicht. »Was ist mit der Deponie?«

»Musst du dir vorstellen«, sagte Schröder, trank aus und holte sich die nächste Dose. »Zwölf Leute vom Werkschutz, alle mit Colt am Schenkel. Und ich allein, mit dem Rücken zur Wand.«

»Da gibts keine kontaminierte Erde«, antwortete Benno statt seiner. Er berichtete ihr von Bronsky und Schröders Befragung. »Wir haben ihn mit zu den Grünen genommen und als Joschi zu uns stieß, haben wir gleich reinen Tisch gemacht und Strafanzeige gestellt.«

»Und damit rollt die Sache?«

Benno nickte, während er Tee in die Kanne löffelte. »Die Deponie ist eine Privatfirma, befindet sich aber auf städtischem Gelände. Das heißt, die Wellen werden ganz hoch schlagen. Neben Hanowski, Sliwka und Bronsky werden bestimmt noch andere mit drin hängen.«

Zischend entjungferte Schröder seine Pilsdose und hob sie prostend. »Ich schätze, jetzt haben wir sie bei den Eiern.«

Christiane fiel auf, dass seit Tagen nicht mehr der Name ihrer Auftraggeberin gefallen war.

*

Sie fand Mutter Jenninger auf dem Krankenhausflur, wo sie leise mit einem Arzt sprach, einem, der sich menschlicher gab als der, mit dem Chris bisher zu tun gehabt hatte. Beim Reden legte er ihr die Hand auf die Schulter, kam dann wohl zum Schluss und verschwand mit wehendem Kittel in Richtung der Fahrstühle.

Obwohl Frau Jenninger sie bemerkt hatte, reagierte sie nicht, bis Chris vor ihr stand.

»Wie geht es Maike?«

»Besser.« Offensichtlich war sie mit ihren Gedanken noch woanders. »So Wunden verheilen ja. Mit dem anderen … Da müssen wir halt sehr viel Geduld haben.« Eine Weile sprach sie nicht weiter, sah zu der Tür, hinter der ihre Tochter lag. Dann schien sie sich zu besinnen und sah fragend auf.

»Ja«, nickte Chris. »Aller Wahrscheinlichkeit nach haben wir den Kerl.«

»Aller Wahrscheinlichkeit nach? Was heißt das?«

Bei den Fenstern gab es eine Raucherecke, die nicht besetzt war.

Frau Jenninger hockte sich auf eine Sesselkante, die Tasche zwischen den Händen, die Hände auf den Knien. »Sie sagen das so, als wäre es keine gute Nachricht.«

»Es waren zwei Männer. Der eine ist untergetaucht und wird so schnell auch nicht wieder greifbar sein, bei ihm sind wir sicher, dass er dabei war. Was den zweiten betrifft, so wird die Sache schwierig.«

»Sie können ihm nichts nachweisen, stimmt's?«

»Es gibt keine Zeugen, keine auswertbaren Spuren, die vor Gericht standhalten würden.«

»Ich verstehe.« Es klang müde, resigniert.

»Wenn ich sage, es gibt keine Zeugen, dann stimmt das nur zur Hälfte.«

Mutter Jenninger senkte den Kopf. »Maike, ja. Ich hab mit ihr gesprochen, nicht nur einmal, ein Dutzend Mal und mehr.« Sie hob den Kopf, sah aber an Chris vorbei, wieder zur Zimmertür. »Sie will nichts mehr davon wissen. Können Sie es ihr verdenken? Ich nicht. Vielleicht ist es ja besser so. Ich meine, vielleicht kommt sie auf diese Art und Weise drüber hinweg.«

Nein, kommt sie nicht. Das ist garantiert der falsche Weg, dachte Chris, hütete sich aber, es auszusprechen. Was jetzt mit der jungen Frau passierte, dabei konnte sie ihr nicht helfen.

»Dann geht er also ohne Strafe aus?«

»Nur, was diese Sache anbelangt. Hinter der … hinter dem, was Ihrer Tochter passiert ist, steckt eine Betrugsaffäre. Nein, nein«, sie wehrte ab, als Frau Jenninger entsetzt aufsah. »Nichts, in das Maike verwickelt wäre. Offenbar wusste sie nur was und man wollte ihr auf diese Art sagen: Halt nur ja den Mund oder dir passiert noch was Schlimmeres.«

Wieder schwieg die Frau ihr gegenüber. Endlich, als das Schweigen zwischen ihnen anfing peinlich zu werden, seufzte sie und stand auf. »Haben Sie die Rechnung dabei?«

»Nein«, sagte Chris und erhob sich ebenfalls. »Es wird auch keine geben.« Und als Frau Jenninger protestieren wollte: »In diesem Fall deckt der Prestigegewinn unsere

Kosten ab.« Sie begleitete sie bis zur Tür, wollte schon fragen, ob sie noch mal zu Maike durfte, verkniff es sich aber. Was sollte das bringen?

»Ich steh in Ihrer Schuld«, sagte Mutter Jenninger.

»Unsinn«, sagte Chris und knuddelte ihr den Arm. »Sobald Maike meinen Namen wieder hören kann, ohne loszutoben, bestellen Sie ihr mal 'en schönen Gruß von mir.« Damit ging sie den Gang runter.

Frau Jenninger hatte nicht mal gefragt, wer der gewisse Kerl überhaupt war.

*

Am nächsten Morgen machte die Lokalseite der WAZ mit einer daumendicken Schlagzeile auf.

Prompt kam Joschi Bender persönlich vorbei und ließ Dampf ab. »Seid ihr total bekloppt? Wer von euch konnte denn da die Schnauze nicht halten?«

»Wir wollten nur ein bisschen Außendruck erzeugen, damit die Sache nicht unter den Teppich gekehrt wird«, beruhigte Schröder, der ihn in seinem Büro empfing wie ein richtiger Chef. Mit Kaffee und Plätzchen und so. »Wer weiß wie lang Hanowskis Arme sind, wie weit seine Verbindungen nach oben reichen?«

Im übrigen hatte Fiffi Maushaler keine Quellen genannt und würde es auch dann nicht tun, wenn man ihm jeden seiner Zähne auszurupfen drohte.

Chris schrieb die Rechnung an Faßmann, kuvertierte sie, lutschte 'ne Marke drauf und dann war plötzlich nichts mehr zu tun.

Gegen fünf, Benno war schon nach Hause, klingelte es und eine verheulte Anna erschien, Lord Pips auf dem Arm. Dieser Hund war der reinste Bumerang.

Schröder wurde steif bei seinem Anblick. »Ist was passiert?«

»Ach, Dad.« Und hing ihm schon flennend am Hals.

»Was mit dem Wagen?«

Ein Nicken.

Schröder fixierte den Hund. »Nee! Sag, dass das nicht wahr ist.« Raus war er.

Chris schob sich an Anna vorbei und folgte ihm. Unter ihr im Treppenhaus polterten seine Absätze.

Sie fand ihn auf dem Hof, wo er Kofferraumhaube und alle Türen des BMW aufriss und hineinäugte. »Ja, wie? Kapier ich nicht. Wo hat er denn hingekotzt?«

»Das hat doch nichts mit Lord Pips zu tun«, schniefte Anna, die hinter ihnen herkam. Kläffend sprang der Hund von ihrem Arm, schnüffelte an Wollis Hose und hob ein Bein.

»Ja, bist du bescheuert?« Und deutete einen Tritt an.

Worauf Pips mit allen Vieren in die Luft sprang und abzischte.

»Hier, das da.« Anna zeigte auf den Außenspiegel an der Fahrerseite, beziehungsweise dahin, wo mal einer gehangen hatte. »Und ich hab so aufgepasst beim Einparken.«

Schröder schlug sich eine Hand auf die Herzgegend. »Mann, ich dachte schon …« Er zog seine Tochter an sich. »Ist doch nur ’en Spiegel, mein Hase.« Damit schob er sie zur Hoftür.

Im Gehen drehte Anna sich um und rief nach dem Terrier, der auf dem Rücksitz hockte. »Na, komm.«

Lord Pips kam nicht.

Sie ging zurück, hob ihn vom Sitz und … »Iiihhh!«

Neugierig trat Chris einen Schritt näher und besah sich die Schweinerei. »Dass so’n kleiner Hund soviel im Magen haben kann.« Sie drehte sich nach Wolli um.

Der stand regungslos da, ein steifes Grinsen im Gesicht, starrte auf Lord Pips und ließ seine Hände aufspringen.

»Nicht, Daddy. Das hat er doch nicht extra gemacht. Dad,

ich mach das auch sauber! Dad!!!«

*

Mit einem satten Rums knallte ein Bier vor ihm auf die Theke.

»Ob es wohl einen Himmel für Köter gibt?«

»Wieso?«, fragte Bruno und machte einen Strich auf dem bisschen Platz, das noch auf dem Deckel war.

»Weil ich heute fast einen hingeschickt hätte.«

»Tierquäler.« Am Tisch unter dem Sparkasten saß die dicke Vera, auch Vera Cruz genannt, mit ihrem Gatterich, dem Finanzbeamten und aß Haxe mit Sauerkraut.

Einen Arm auf der Theke, drehte Wolli sich zu ihr und prostete ihr zu. »Gnä' Frau.«

Gatterich räusperte sich, doch Vera beachtete ihn nicht, wie immer. »Wie Sie mit dem armen Hund umgehen, da kann man ja nicht hinkucken.«

»Richtig. Falls Sie mal 'en Haustierchen zu entsorgen haben, einfach schellen.«

»Anzeigen sollte man so welche wie Sie.« Mit feurigem Blick stopfte sie sich einen Zinken rosa Fleisch in die Backen. »Kein Wunder, dass Ihre Tochter sich so selten bei Ihnen blicken lässt.«

»Was denn, Schröder«, meldete sich Grizzly Meier lallend von rechts. »Magst du etwa keine Kinder?«

»Kommt auf die Zubereitung an.«

»Schröder«, sagte Bruno. »Ich will hier keinen Krach.«

»Dann setz das Schwimmtier vor die Tür.«

»Schröder!«

»Okay, alles klar.« Er knubbelte zwei Scheine auf die Tresenplatte, legte den Finger an die Stirn und ging.

Auf dem Hof stand der BMW mit weitgeöffneten Türen.

Schröder machte einen Bogen um ihn.

Warum tat ihm das Leben so etwas an?
Er fühlte sich, als hätte er das Wort Erniedrigung erfunden.

Im Hausflur roch es nach Zigaretten. Und es war wieder mal der Lichtschalter zur Hoftür kaputt. Er tastete sich nach vorn, drückte auf den anderen und zuckte zusammen.

Auf der Treppe saß Hanowski, stand auf und trat seine Kippe aus. »Tach, Herr Schröder.«

Wolli ersparte sich eine Floskel.

»Könnte ich Sie einen Moment sprechen?«

Wolli wies mit dem Kinn zur Treppe rauf.

»Es wäre mir lieber, wenn unser Gespräch unter uns bliebe.«

Also zurück in den Hof, in den langsam die Dämmerung kroch.

»Wie ich höre, wollen Sie die Sache vor Gericht bringen.«

Wenn er auf eine Reaktion hoffte, wurde er enttäuscht.

»Naja.« Hanowski lächelte schnell und steckte sich eine neue Zigarette an. »Bei der Verhandlung wird es vor allem auf Ihre Aussage ankommen, und auf die Ihrer Leute. Ich meine, dieses Video, das man meinem Anwalt und mir gezeigt hat, von dem LKW mit der Erde drauf, das ist ja nicht so überzeugend.«

Nun komm schon rüber.

»Also, Ihre Aussage.« Wieder dieses Lächeln. »Wenn Sie die noch mal überdenken würden, zu meinen Gunsten, das wäre mir schon eine Viertelmillion wert.«

Aha.

»Zweihundertfünfzigtausend, cash.«

»Fünfhundertausend«, sagte Schröder.

Hanowski glotzte ihn an, schüttelte dann lächelnd den Kopf. »Sie gehen verdammt ran. Gut, fünfhunderttausend.«

»Und vorher hab ich noch zwei Fragen.«

Der Bauleiter machte eine zustimmende Geste.

»Maike Jenninger ist also der Sache mit der Bodenentsorgung auf die Schliche gekommen, richtig?«

»Ja. Ich hab ihr einen Anteil geboten. Den sie abgelehnt hat.« Eine unwillige Geste. »Mensch, ich musste damit rechnen, dass sie das an die große Glocke hängt, zur Firmenleitung geht, zur Presse, was weiß ich, was in so jungen Dingern vorgeht.«

Obwohl es nicht kalt war, zog Schröder den Kopf zwischen die Schultern. »Zweite Frage: Waren Sie dabei, als Maike zusammengehauen wurde?«

Hanowski guckte zu Boden, sah ihn dann an und ließ die Schultern zucken. »Wollte ich nicht. Kalli hat wohl ein bisschen zu fest zugeschlagen.«

»Aber anschließend über die Kleine drübergegangen, das sind Sie schon, oder?«

»Naja.« Jetzt grinste Hanowski. »Hätten Sie da Nein gesagt? Als Mann?«

*

Anwohner riefen gegen 22 Uhr 10 die Jungs mit den grünweißen Autos. Vorsorglich brachten die Bullen gleich einen Notarztwagen mit.

Inzwischen hatten Bruno, Grizzly Meier und ein paar andere Schröder von Hanowski getrennt, der unverzüglich zur Unfallstation vom Alfred-Krupp-Krankenhaus gebracht wurde, um ihm hastig den Kiefer zu verdrahten.

Die Grünen nahmen Schröder mit zum Präsidium.

Gegen Mitternacht konnten Chris und Joschi Bender kurz mit ihm reden, durften den Chef aber erst am nächsten Morgen, und nachdem Joschi mit dem zuständigen Richter palavert hatte, mit nach Hause nehmen.

Unterm Strich blieben eine aufgeplatzte Lippe, zwei Rippenprellungen und ein anstehendes Verfahren wegen

Körperverletzung. Joschi war jedoch voller Zuversicht, ihn wegen verminderter Schuldfähigkeit rausboxen zu können. Immerhin waren nachweisliche achtundzwanzig Pils im Spiel gewesen.

Anfang April wurde Maike Jenninger aus dem Krankenhaus entlassen. Wie Chris hörte, lehnte sie eine psychotherapeutische Behandlung ab und trat stattdessen eine andere Praktikantenstelle an.

Einmal stand noch was über die Drecksgeschäfte auf »Egon Emscher« in der Zeitung, als die Anklagevertretung den Prozess vorbereitete. Eine Detektei an der Steeler Straße wurde in diesem Zusammenhang jedoch nicht erwähnt. Doch wie Benno Korn anmerkte: Böses, das nicht schadet, ist nicht schlimmer als Gutes, das nichts nützt. Oder so ähnlich.

Ende

Fortsetzung vom Ende

Sonnenlicht brach sich in den Kirchenfenstern der »Schmerzhaften Mutter Maria« und projizierte bunte Mosaike auf dem Steinboden. Und während langsam die Orgelmusik zwischen den ehrwürdigen Mauern verebbte, strömte durch die offene Pforte der Duft von blühenden Fliederbüschen.

Pastor Klempenhusen fingerte gichtig in seinem Brevier.

Verhaltene Geräusche aus den Bänken. Ein vereinzeltes Hüsteln.

Irgendwie konnte Chris das Gefühl nicht loswerden, das alles schon mal erlebt zu haben.

Ihre Handflächen knirschten vor Schweiß und die Finger fühlten sich so dick und aufgequollen an, da würde nie ein Ring drübergehen. Sie guckte zur Seite.

Schröder, im dunklen Anzug mit Weste, gähnte verhalten. »Mann Gottes«, flüsterte er. »Komm zu Potte.«

Pastor Klempenhusen rückte sein Bäffchen zurecht und räusperte sich.

Chris warf einen Blick über die Schulter, auf Benno, der Noras Hand gepackt und mit auf seinen Bauch gelegt hatte. Nora selbst zwinkerte nervös und tupfte sich mit der freien Hand über die Augen. Derweil kramte Oma Lene in einer ihrer überdimensionalen Handtaschen nach einem Tempo. Weiter hinten saß aufrecht und blasiert Verena neben Arwed, der freundlich herüberwinkte. Anna tat gelangweilt und studierte die Deckenornamente.

Auch sonst waren alle gekommen. Irmchen, Petra und Hannes mitsamt den Kindern, Gerd-Uwe mit tropfendem Grinsen, Kai »girlface« Sassen, Bruno von den »Hubertus-Stuben«, Fiffi Mausthaler, Joschi Bender und Oma Lenes halbe Nachbarschaft. Und irgendwo in Bodennähe hechelte es terriermäßig.

»Liebe Gemeinde, wir haben uns heute versammelt, um

diesem Brautpaar den Segen zu geben.«

Schröder kaute.

Brandheiß wallte es Chris durch den Kopf. Sie beugte sich vor, sah nochmals hin.

Verwundert folgte der Pastor ihrem Blick.

Nix. Schröder hatte wohl nur was in den Zähnen gehabt.

»Und so frage ich dich, Wolfgang Schröder: Willst du die hier anwesende Christiane Ullmann zu deiner Ehefrau nehmen? Sie lieben und ehren in guten wie in schlechten Zeiten?«

»Ja, will ich.«

»Und willst du, Christiane Ullmann ...« Ehe er den Text ganz raus hatte, waren ihre Augen schlagartig voll Wasser und vor lauter bibbernden Lippen brachte sie keinen Ton heraus.

Klempenhusen beugte sich vor.

Wolli stieß sie mit der Schulter an und zischte aus dem Mundwinkel: »Du musst Ja sagen.

»... a.«

»Wie bitte?«

Großes Schlucken. »... a ...« Noch einmal. »Ich … hah! … Ich meine … Ja.«

Mein Gott, dass bei ihnen aber auch nix so lief wie bei anderen Leuten.

Schluss

KBV - KRIMI

Jürgen Raap

Tod eines Kunsthändlers

KBV-Krimi Nr. 48

Taschenbuch · 240 Seiten

ISBN 3-934638-48-1

Hat der Industrielle Warendorf tatsächlich einen Herzinfarkt auf der Autobahn erlitten oder war es Mord? Der Sohn des Verstorbenen beauftragt Karl-Josef Bär mit Nachforschungen, und der merkt bald, wieso Warendorf jun. hierzu einen »unkonventionellen« Detektiv benötigt. Die Industriellenfamilie hat nämlich jede Menge Dreck am Stecken. Rüde Geschäftsmethoden, Bestechung, Embargo-Verstöße. Und wieso mischt der Geheimdienstmann Schröder bei der Sache mit? Bär verstrickt sich immer tiefer in ein Komplott, bei dem es um Industriespionage geht. Und dann soll er auch noch mithelfen, einen Mord in der Eifel zu vertuschen ...

Jürgen Raap

Colonia Connection

KBV-Krimi Nr. 16

Taschenbuch · 176 Seiten

ISBN 3-927658-46-4

Nicht zum ersten Mal plagen den Detektiv Karl-Josef Bär finanzielle Nöte. Ihm bleibt nichts anderes übrig, als das unseriöse Angebot des MAD-Geheimdienstlers Schröder anzunehmen, den serbischen LKW-Fahrer Czabatic zu überwachen. Ein scheinbar leichter Auftrag, doch dann türmt der Serbe. Gleichzeitig verschwindet in Köln ein serbischer Hotelier. Der hatte sich offenbar geweigert, Schutzgelder zu zahlen. Ein Bombenattentat auf das Gebäude des Serbischen Kulturvereins in Bonn bringt Bär auf die Spur Czabatics, der sich nicht nur als Bombenleger, sondern auch als Entführer des Kölner Hoteliers entpuppt. Die Tochter des Hoteliers bittet den Detektiv, die Lösegeldübergabe abzuwickeln. Doch Bär nimmt nun kaltblütig seinerseits Geiseln. Er will die Erpresser zu einem Austausch der Entführten zwingen. Aber die lassen sich darauf nicht ein ... und Karl-Josef Bär kämpft mal wieder zwischen allen Fronten.

Burkhard Ziebolz

Morgensterns Erkenntnis

KBV-Krimi Nr. 8

Taschenbuch · 256 Seiten

ISBN 3-927658-39-1

Die mysteriöse Ermordung einer Psychiaterin stellt Hauptkommissar Hans Fröhlich von der Braunschweiger Kripo vor schier unlösbare Rätsel; ist der Täter unter den Krankenhauspatienten – kriminellen und verurteilten Jugendlichen – zu suchen? Oder stand die Ermordete der Karriere ihres jungen Assistenten Dr. Frenzel im Wege?

Doch woher stammen die großen Geldsummen, die in den vorangegangenen Monaten auf das Konto der Ärztin überwiesen wurden? Und wo liegt der Zusammenhang mit dem Mord an der kleinen Karla Kronburger drei Jahre zuvor? Ihr Bruder Tobias, der die Tat gestanden hatte, wird seither auf der psychiatrischen Station behandelt. Bevor Fröhlich eine Antwort auf die vielen Fragen finden kann, geschieht ein weiterer bestialischer Mord.

KBV - KRIMI

Burkhard Ziebolz

Orpheus' Stufen

KBV-Krimi Nr. 41

Taschenbuch · 288 Seiten

ISBN 3-89711-019-9

Wilhelm Ringelnatz, ein in die Jahre gekommener Versicherungsdetektiv, wird beauftragt, den Diebstahl einer jahrhundertealten Schrift aus der Herzog August Bibliothek in Wolfenbüttel aufzuklären. Was auf den ersten Blick wie reine Routine aussieht, entpuppt sich schon bald als der große Fall in Ringelnatz' Leben. Alle, die das verschwundene Werk in den letzten Jahren gelesen haben, starben kurz darauf. Hat ihr Tod etwas mit dem Buch zu tun?

Der Ursprung des Geheimnisses liegt weit zurück. Ein jüdischer Bibliothekar, der kurz vor dem Zweiten Weltkrieg in Wolfenbüttel arbeitete, scheint das fehlende Bindeglied in die Vergangenheit zu sein.

Die Zeit drängt, denn Ringelnatz und sein junger Freund Felix sind nicht die einzigen, die sich für den Fall interessieren!

Burkhard Ziebolz

Riesen und Zwerge

KBV-Krimi Nr. 22

Taschenbuch · 320 Seiten

ISBN 3-927658-53-7

Die Entdeckung des jungen Biologen Thorsten Gröning ist sensationell: Es ist ihm gelungen, den Wachstumsfaktor »hGFαG« zu isolieren, der der Medizin in Zukunft ungeahnte Möglichkeiten bieten kann. Doch einige seiner Kollegen sind allzu erpicht darauf, Grönings Wissen für sehr viel Geld an die mächtige Pharmaindustrie zu verkaufen.

Seine Ergebnismappe verschwindet aus seinem Labor, und wenige Tage später wird ein Kollege ermordet aufgefunden. Hans Fröhlich und Hans-Jörg Meyer von der Braunschweiger Kripo schalten sich ein. Thorsten Gröning beschließt, für einige Zeit unterzutauchen, da die Polizei ihn des Mordes verdächtigt. Er kann niemandem mehr trauen.

Ralf Kramp

Der neunte Tod

KBV-Krimi Nr. 44

Taschenbuch · 256 Seiten

ISBN 3-934638-44-9

»Wie sollen wir der Polizei erklären, daß der da ...«, Herbie zeigte auf die Truhe, »... in meiner Anwesenheit die Bude ausgeräumt hat, von seinen Kollegen aus Dankbarkeit kaltgemacht wird und wir ihn jetzt als Andenken wieder zu uns nach Hause holen? Das glaubt uns doch kein Mensch! Da weiß ich ja jetzt schon, was dabei rauskommt. Da haben wir nachher die Möbel von Henriette Hellbrecht selber verscherbelt, das Geld verjuxt und aus lauter Übermut einen Penner totgehauen, oder so. Er begann, wütend auf und ab zu gehen.

»Und was sollen wir tun, wenn wir schon nicht zur Polizei gehen? Ihn irgendwo verscharren? Meinst du das?« Nina wußte nicht, ob ihr das schmeckte, was da in Herbies Phantasie heranwuchs.

KBV - KRIMI

Ralf Kramp

Spinner

KBV-Krimi Nr. 25

Taschenbuch · 256 Seiten

ISBN 3-934638-25-2

Herbie Feldmann ist ein Spinner. Das weiß jeder in Euskirchen, denn seit seinem Nervenzusammenbruch vor vielen Jahren hat der junge Mann »einen neben sich gehen«. Niemand kann ihn sehen, aber Julius wandelt stets an Herbies Seite.

Ein Serienmörder, dem die Presse schon bald den Namen »Der Motzer« gibt, sucht die Voreifel heim. Als Herbie und sein Begleiter eines Tages über ein weiteres Opfer stolpern, beschließen sie, die Suche nach dem Täter mit ihren eigenen Methoden fortzuführen. Eine Jagd beginnt, die zeigt, daß es Spinner gibt, die nicht annähernd so harmlos sind wie Herbie.

Ralf Kramp

Rabenschwarz

KBV-Krimi Nr. 35

Taschenbuch · 240 Seiten

ISBN 3-89711-005-9

Herbie Feldmann und sein unvermeidlicher Schatten Julius erleben ihren zweiten Fall. Zunächst ist da Tante Hettis Auftrag: sie schickt ihren Neffen Herbie aus, um den ominösen Kidnapper ihres Schoßhündchens ausfindig zu machen. Doch bald stolpert jener über eine Geschichte, die viel spannender zu sein scheint: sein früherer Klassenkamerad Richard kehrt aus Australien zurück, wohin er sich nach einem Zerwürfnis mit seiner Frau Rosi geflüchtet hatte. Noch vor seinem Eintreffen verunglückt Rosi bei einem Spaziergang. Man findet sie tot in einem stillgelegten Steinbruch.

Herbie hat seine liebe Mühe, Richard davon zu überzeugen, daß Rosies Tod kein gewöhnlicher Unfall war. Mit Schwung stürzt er sich auf die Nachforschungen und findet bald heraus, daß Rosie etwas erfahren hat, was offenbar niemand wissen soll.

Ralf Kramp

Tief unterm Laub

KBV-Krimi Nr. 11

Taschenbuch · 256 Seiten

ISBN 3-934633-11-2

Ein alter Mann wird überfahren. Nur ein Unfall? Einige Zeit später kommt sein ehemaliger Zivi beim Sturz aus dem Fenster seiner Dachwohnung ums Leben. Selbstmord? Laurentius Bock, Besitzer eines kleinen Copy-Shops, wird unfreiwillig in den rätselhaften Fall hineingezogen. Zusammen mit Lindy, der Freundin des jungen Mannes, versucht er, die Hintergründe des seltsamen Geschehens aufzudecken. Die Spur führt sie zu einem Antiquitätenhändler und damit von Köln in ein kleines Eifeldorf. Doch hier sind sie offensichtlich nicht willkommen. Bald findet er heraus, daß auch in der Eifel die Welt nicht mehr in Ordnung ist, und das schon seit vielen, vielen Jahren.

»... wirklich gelungen ... brilliant ... sehr gut!«
Jacques Berndorf

KBV - KRIMI

Angelika Koch
Der Retter
KBV-Krimi Nr. 24
Taschenbuch · 256 Seiten
ISBN 3-927658-55-3

Ein prominenter Guru liegt zerstückelt im Schnee – und ausgerechnet seine frühere »Jüngerin« Ulrike Marx stolpert über seine Leiche. Sie hätte gute Gründe für den Mord, trotzdem sucht sie mit zwei Freunden den wahren Täter. Die Spur führt aus dem wilden Westen Deutschlands in den nicht minder wilden Osten Berlins und wieder zurück. Plötzlich tummeln sich Stasi und Terroristen in der ländlichen Idylle, Esoteriker und Geheimdienstler. Für Ulrike Marx wird die Eifel zum sehr heißen Pflaster, und schließlich bietet die Liebe nicht nur ihr manche Überraschung.

Angelika Koch
Jemand wie Ginsterblum
KBV-Krimi Nr. 31
Taschenbuch · 224 Seiten
ISBN 3-927658-74-X

Ulrike Marx leidet unter dem heißen Eifelsommer – und unter dem Tod ihrer neuen Freundin Aischa Ginsterblum. Was zunächst aussieht wie ein Unfall mit Fahrerflucht, entpuppt sich bald als vorsätzlicher Mord. Denn die unerschrockene Zeitungsredakteurin Ginsterblum war einer höchst unheiligen Allianz von Bundeswehr, Polizei und der Neonazisekte »Germanisches Heil« auf den Fersen.
Als ein Junge erhängt im Wald aufgefunden wird und Kater Konrads Doppelgänger tot vor Ulrikes Tür liegt, wird ihr klar: es geht längst nicht nur um unappetitliche politische Verstrickungen – die sind in »diesem unserem Lande« normal. Jemand muß in der Eifler Kleinstadtromantik schon mehr zu verbergen haben als rechtslastige Gedanken. Wie tröstlich, daß es die Freundinnen gibt ...

Angelika Koch
Das Wasser
KBV-Krimi Nr. 39
Taschenbuch · 264 Seiten
ISBN 3-89711-017-2

Die Riesenchance für Ulrike Marx
Flotte Werbetexte über Mosel unc
Eifel soll sie schreiben, um Touristen-
massen anzulocken. Sie erwarte
weinselige Gesänge und idyllische
Maare. Doch nur zu bald erfährt sie
daß im Wein nicht immer Wahrhei
liegt. Auch das Eifelwasser ist nich
so unschuldig wie es scheint.
Der Seelenfrieden der Heldin, die kei-
ne sein will, gerät arg durcheinan-
der. Durch Tote, auf die sie be
ihrer angeblich harmlosen Arbei
stößt: ein Chemiker, der vom steil
sten Weinberg Europas fällt, eir
Geologe, der in den bräunlicher
Fluten des Weihnachtshochwasser
treibt, und eine Beamtin, die mar
erdrosselt im Innenhof der Mander-
scheider Oberburg findet.
Völlig überraschend kommt in diese
Gewalt eine zärtlich-kratzbürstige
Liebesgeschichte, mit der Ulrike Mar
nie im Leben gerechnet hätte.

KBV - KRIMI

Anna Freier

Heißer Schnee

KBV-Krimi Nr. 33
Taschenbuch · 192 Seiten
ISBN 3-89711-001-6

Schauplatz der Handlung ist eine Klinik für Drogensüchtige, die in einer großbürgerlichen Villa aus der zeit um die Jahrhundertwende untergebracht ist. Spannend und mit viel Selbstironie wird ein Krimi im Krimi erzählt. Die Heldin versagt bei dem Versuch, aus den Zeichen die richtigen Schlüsse zu ziehen, denn sie ist verstrickt in Klischeevorstellungen über die Dinge, in Erinnerungen und Spiegelungen.

Der Roman berichtet von den Anstrengungen der Menschen, ihrer Einsamkeit zu entgehen und den Fallen, die sich dabei auftun, und das Leid der Heldin trifft mitten ins Herz.

Conny Lens

Bauer, Springer, Turm und Tod

KBV-Krimi Nr. 38
Taschenbuch · 240 Seiten
ISBN 3-89711-016-4

Ellen Bischoff ist eine erfolgsorientierte Frau und Inhaberin einer aufstrebenden Werbeagentur. Als sich ihr Mann, von dem sie getrennt lebt, völlig überraschend das Leben nimmt, steht sie vor einem Rätsel. Denn das Apartmenthaus – der Tower –, in dem ihr Mann wohnte, scheint Selbstmörder regelrecht anzuziehen.

Mehrere Mieter sollen sich dort in den letzten anderthalb Jahren umgebracht haben. Ellen zieht in seine Wohnung und begibt sich damit in einen Alptraum.

Schon am ersten Abend wird sie in den Gängen des Towers verfolgt. Im Haus scheint sich ein Mann aufzuhalten, den niemand kennt. Er beobachtet Ellen, attackiert sie, bewegt sich frei in ihrer Wohnung und drängt sie langsam an die Grenzen ihrer psychischen Belastbarkeit.

Jenny Küster

Sprich nur ein Wort

KBV-Krimi Nr. 42
Taschenbuch · 288 Seiten
ISBN 3-89711-030-X

Es klingelte zum dritten Mal.

Pia häufte mit dem linken Fuß vorsichtig einen kleinen weißen Schaumball auf einen anderen. Hätte sie sich entschlossen, liegen zu bleiben und sich noch eine Pfirsichmaske ins Gesicht zu schmieren, wäre ihr vieles erspart geblieben.

Sie hätte das Haus nicht gesehen und nicht das Kind. Das ganze Leid wäre an ihr vorübergeglitten wie ein Segelschiff mit weißen, geblähten Segeln in der Ägäis, das man winkend grüßt und dann wieder vergißt. Statt dessen löste sie sich schweren Herzens aus der duftenden Wärme des Wassers, patschte, nasse Fußspuren auf dem Teppich hinter sich lassend, zum Telefon und ging an Bord.

KBV - KRIMI

Holger Möllenberg

Christopher Street Day

KBV-Krimi Nr. 28

Taschenbuch · 224 Seiten

ISBN 3-927658-61-8

Frank Dahlheimer ist zwar ein schauspielerndes Weichei, aber kein Schlappschwanz. Seit dem 26. Mai erhält er mysteriöse Drohbriefe, kurze Zeit später wird er sogar durch Erpresser-Anrufe terrorisiert. Und sein Freund Mark Kämpner, seines Zeichens Gene-ralsekretär in Bonn und zum jung-dynamischen Aushängeschild einer alten, etablierten Partei avanciert, läßt ihn links liegen und will lieber im politischen Getümmel Karriere machen. In der Kölner Altstadt-Szene fallen im Laufe des Mais und des Junis mehrere Stricher aus Osteuropa einem Killer zum Opfer, die Angst geht um … Und Hauptkommissar Nelles von der Kölner Kripo taucht ab ins Schwulen-Milieu, tappt lange im Dunkeln und ist sich auf einmal gar nicht mehr so sicher … Erst der Christopher Street Day, das größte Fest der Lesben und Schwulen in Deutschland, bringt so einiges ans Licht … es kommt zum großen Show-down.

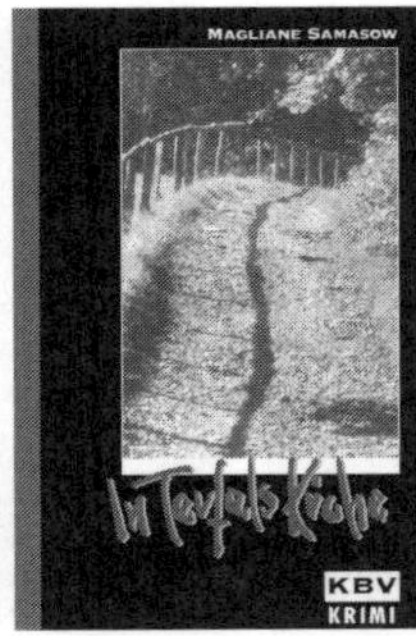

Magliane Samasow

In Teufels Küche

KBV-Krimi Nr. 45

Taschenbuch · 188 Seiten

ISBN 3-89711-033-4

Ein Unglück kommt selten allein. Das muß Jane Müller am eigenen Leib erfahren, als sie in einer abgelegenen Heimvolkshochschule einen mehrtägigen Wen-Do-Kurs geben möchte. Denn bevor sie mit ihrer Arbeit überhaupt beginnen kann, wird sie nachts in ihrem Zimmer überfallen. Und dazu noch von einem Mann – was der lesbischen Selbstverteidigungskünstlerin gar nicht schmecken will. Fein säuberlich setzt Jane den Angreifer außer Gefecht und überläßt ihn, zum Paket verschnürt, seinem Schicksal. Am nächsten Morgen ist er tot …

Gerd Grave

Boyers letzte Pause

KBV-Krimi Nr. 40

Taschenbuch · 288 Seiten

ISBN 3-89711-018-0

Der Stoß kam einen Augenblick vor den Schreien, die Werner hinter sich hörte. Beide Arme ausgestreckt, als wolle er der Stadt entgegenfliegen, die sich tief unter ihm ausbreitete, stürzte er dem Rot und Weiß entgegen und dann auf das Blau und auf das Gewirr von Farben und Formen jenseits der Terrasse zu.

Dann umklammerte etwas seine rechte Wade. Ein jäher Schmerz schrinnte durch alle Nervenbahnen. Mit der Hüfte schlug Werner gegen die Metallkante, die das Dach vor dem bodenlosen Nichts trennte. Seine ausgespannten Arme glitten noch ein Stückchen an der Fassade aus gemasertem Beton hinunter. Weiter führte die Bewegung dann nicht. Das, was seine Wade umspannt hatte, fixierte seinen Körper unterhalb der Hüfte auf dem Fliesenboden der Terrasse.

KBV - KRIMI

Heiner Lau

Lemgo

KBV-Krimi Nr. 47

Taschenbuch · 340 Seiten

ISBN 3-934638-47-3

Jan Peeters, desillusionierter Sportreporter bei einer Düsseldorfer Zeitung, steckt unter regnerischem Novemberhimmel im Stau. Doch plötzlich setzt sich eine leichtbekleidete Frau, die auf der Flucht vor einem „kraftstrotzenden Flegel" ist, zu ihm in den Wagen und verriegelt die Tür. So gerät Peeters in den Strudel einer labyrinthischen Geschichte voller Fallstricke, und bald ist er so widerwillig wie neugierig den dunklen Mächten der Düsseldorfer Halbwelt ausgesetzt. Die Killer Bodo und Yeti, der Gangsterboß Boyle und der feine Direktor einer Giftgasschieber-Fabrik ziehen ihn in die Niederungen der menschlichen Existenz, wo es einzustecken und hart auszuteilen gilt, wenn man überleben will.

Klaus Wanninger

Schwaben-Rache

KBV Krimi Nr. 49

Taschenbuch · 288 Seiten

ISBN 3-934638-49-X

Private Racheaktion oder grüner Terror? Reiner Breuninger, Vorsitzender eines großen Automobilclubs, wird überfallen und eine qualvolle Nacht lang in der Nische eines stark befahrenen Stuttgarter Autotunnels festgehalten. In einem Bekennerbrief kündigen die Täter weitere Aktionen gegen den Autowahn und dessen Repräsentanten an.

Ralf Kramp

Still und Starr

KBV-Krimi Nr. 51

Taschenbuch · 256 Seiten

ISBN 3-934638-51-1

Marcus Holzem kehrt an die Stätte seiner Kindheit zurück; in ein kleines Nest in der Eifel, in dem sich vor Jahren sein Vater das Leben nahm. Mit Marcus' Rückkehr scheint nun auch der Tod wieder Einzug in das Dorf zu halten:
Die übel zugerichtete Leiche eines Straßenbauarbeiters wird gefunden, und es sieht ganz so aus, als würde dies nicht der einzige Tote bleiben. Marcus macht sich auf die Suche nach dem Mörder und erfährt Dinge, die lange im Verborgenen geschlummert haben, und entdeckt, daß es in diesem Dorf außer ihm noch einige andere gescheiterte Existenzen gibt. Er will sich beweisen, daß er nicht zu ihnen gehört. Er will seine Sache zu Ende bringen.